U0041110

黃易

日月當空

卷五

目次

第一章　拱橋激戰

這一刻，龍鷹最感激的是丹清子。

丹清子打法明的一掌，肯定傷他很重，至今仍未復元。丹清子在道門的地位，等若師妃暄之於佛門，縱然武功比不上師妃暄，也所差無幾，所以法明雖奪得《無上智經》，付出的卻是沉重的代價。

那晚他面對武曌，謙卑順從，皆因負傷而不敢動手，且掩飾得不露破綻，成功瞞過武曌和他。但如今要攔截他，不得不使出渾身解數，故能成功先一步藏身拱橋另一邊，待他踏進陷阱，因而牽動內傷，現出不應有的破綻，雖只剎那的事，足令龍鷹生出感應。

在橋上警覺和在橋外被截才曉得，是生和死的分別。因著魔種神通廣大的奇異特性，這條長不過百丈，寬只丈半的石拱橋，正是他的救命靈符。

龍鷹恨不得如能逃生，立將法明受傷的事稟上武曌，那武曌會立即殺上淨念禪院，取法明之命。問題在鳥盡弓藏，沒有法明，會大大削減自己對武曌的利用價值，所以若他夠聰明的話，法明伸長脖子任他斬首，他也絕不可這般去做。

法明現身拱橋另一端，不見如何動作，已來至他身前丈許處立定，銳目像兩支利箭般瞄準他，合十道：「無漏智性，本自具足，本來清淨，不假修行。是佛是魔，何來差異？邪帝你由道入魔，法明由魔入佛，道似殊而實同歸。迷來經累劫，悟則刹那間。只要邪帝你能從武曌不存善意的懷柔夢中甦醒過來，直指正諦，法明願全力助你取武曌而代之，魔門將從此眞正的統一天下和江湖，不像武曌般每天仍要爲如何延續她的武氏皇朝而煩惱。」

龍鷹從容道：「如果僧王確有此意，就不會以伏擊突襲來招呼我，現在說這麼多廢話，不外拖延時間好召來四大護法弟子，完成合圍之勢。哼！一山不能藏二虎，我是邪帝，你是另一個邪王，端木菱更只得一個，我們還有合作的餘地嗎？」

法明歎息道：「道樹開花，禪林果出。萬古長空，一朝風月。邪帝看得透徹，但有一件事邪帝仍看不到，待本僧王來點醒你，你是生不逢時。」

龍鷹積蓄至頂峰的魔氣，透指激射，直攻法明，動作一氣呵成，倏忽間完成了前飆、舉手、戳指、鎖定等變化。只要能將法明留下，他可放手狂攻，加深他的舊創傷，延長他的復元期。

法明現出莊嚴寶相，完全是一副得道高僧的神采風範，兩肩左搖右擺，生出正反兩股力道，硬生生扯碎龍鷹藉之鎖死他的氣勁場。

龍鷹已儘量高估他，只沒預計到法明比他想像的更厲害。

龍鷹曉得再難阻他退走，盡最後人事，指攻原式不變，底下則隨前衝之勢，飛起一腳踢他小腹，教他應接不暇。

法明晉入了他沒法掌握，似禪非禪，若魔非魔的奇異境界，雙目垂簾內守，一掌下封，另一掌仍豎胸前，顫動搖擺，其速度之疾快，使人生出七、八個掌影的錯覺，精妙如神，封死龍鷹指攻所有可能的變化。

至此，龍鷹方明白丹清子能打他一掌，是如何難能可貴。明白五大高僧為何沒法奈他何，且困不住他，還要一一於百天內圓寂。以武曌的蓋世魔功，也不願和他動手見眞章。

龍鷹指尖命中重重掌影裡的眞主，高度集中的魔勁竟如泥牛入海，消失得無影無蹤，被他卸往兩邊去，如此掌法，雖仍及不上「彼岸劍訣」的精微，卻是異曲同工，所差無幾。

「砰！」

法明往下按的一掌，結結實實和龍鷹的一腳硬拚一記。龍鷹全身劇震，氣血翻騰，法明只是皺起眉頭，顯然功底比龍鷹深厚不止一籌。

龍鷹心叫糟糕，憑魔種的特異，於收指的剎那間，壓下翻騰的氣血，重整陣腳，法明已將豎直的手掌，往手背方向側傾，就那麼埋肘推過來，掌緣隨腳踏的奇異步法，如影附形的往龍鷹咽喉切來。

龍鷹感到法明的手掌不住擴大，變得充天塞地，知是一種厲害的禪法，至乎是他魔佛合一的自創奇功。

不過他處於魔極級的道心，卻一點不受眼所見異象的迷惑。收腳移退半步，哈哈一笑道：「不碎金剛，果然不同凡響。」

法明想不到他際此近身火併的緊張形勢下，仍能從容說話，雙目現出驚異神色，也一時猜不到他如何應付自己的「魔佛十式」。此十式靈感來自唐初開國時的道門大宗師寧道奇的「散手八撲」，亦是法明向此武道巨人的致敬。第一式名「魔由心生」，可以任何手法施展，最厲害的是直指對手本心，令其錯覺叢生，生出無法逃避的驚怵，接著的九式連綿而出。試問能擋格他第一式者，天下已沒多少個人，縱擋得過，也將被迫落在守勢下風，如何可捱得過他一招比一招厲害，融合禪法和魔功的可怕招數？

當日大戰五僧，法明就是憑此十式，硬將五僧從主動上風，壓得有力難施，令他可安然脫身。

現在一上場便以此十式招呼龍鷹，可知他對這邪帝是何等重視，不敢掉以輕心。

倏地龍鷹拔身騰升，兩腳連環踢出，拿捏的時間和角度精準得匪夷所思，以法明之能，亦沒法變招應付。

「砰！砰！」兩聲，勁氣爆破。龍鷹兩腳先後踢中法明腕底的位置。

法明長笑道：「不愧邪帝，領教哩！」往橋的另一端腳不沾地的後飄，兩道人影在左右與他擦身而過，往龍鷹殺過來。

龍鷹足點地面，暗叫厲害，難怪武曌說自己想殺他仍是力有未逮。只看他要退便退，自己竟纏不著他，可知法明高明至何等程度。如果他沒有負傷，只他便可緊纏自己不放，加上四大弟子，明年今日肯定是自己的忌辰。

不過龍鷹並不曉得，法明比他更要吃驚，因法明自出道以來，還是首次沒法將「魔佛十式」連綿不斷的施展下去，關鍵在龍鷹的第一腳，解去他第一式，第二腳卻令他下一式沒法一氣呵成的繼續。箇中情況，非常微妙。

從法明左方衝過來的人，出奇地年輕，頂多比龍鷹年長三、四歲，一襲青衣，頭紮文士巾，俊俏清秀，乍看宛如臨風玉樹，一派風流書生的本色，但龍鷹總感到他散發著妖邪之氣。他用的是青光閃爍的長劍，此時劍化數十道寒芒，繞身疾走，朝他直衝過來，絲毫不予他喘息之機，劍法凌厲狠毒。看年紀，他該位列法明四大弟子的末位。

從法明另一邊搶出來的卻是個高大胖子，驟看似座肉山，但龍鷹偏感到四大弟子中不論武功地位，均以此人居首。首先是掌握不到他的虛實，又感到他靈動如神，在這等兵凶戰危的情況下，仍是笑容可掬，若如來赴朋友的約會。到離龍鷹左側二十步許遠的位置，驀地騰升數尺，足尖往橋欄一點，凌空往龍鷹投過來，肥手一抽，腰帶變成長達丈半的軟鞭，鞭梢往龍鷹頭頂點來，比邪書生的劍來得更快，後發先至。

一下子，兩人不但完全封鎖了他的進路，且隱然形成緊纏不放之勢。

龍鷹哈哈一笑，道：「法明你再不來陪老子玩，老子失陪了。」

說罷竟筆直往後方傾斜下去，胖子的鞭梢立告點在空處。

法明的聲音傳回來道：「怎會不陪邪帝玩呢？我會念大悲咒超渡你。」

龍鷹雙腳一撐，炮彈般往後方射去，這是他的獨家秘技，純憑魔勁爆發的動力，迅如雷疾如風，剎那間已脫出可怕胖子和邪書生的夾纏。

他凌空翻身，拳掌齊施，向倉卒躍空攔截仍處下方的羊舌冷攻去。大笑道：「仍是我上你下，二師叔眞不濟事。」

隨後而來的三眞妙子嬌叱一聲，從香袖內射出綵帶，長暗器般直射龍鷹，取的是他面門必救的部位。

此四人各有驚人技藝，一旦給他們形成合圍之勢，龍鷹肯定沒命。最糟糕的是不知法明到了哪裡去，若他在另一邊等待，離開拱橋將無異於踏進鬼門關。

「砰！砰！砰！」在眨兩眼的高速裡，羊舌冷挨了龍鷹三拳四掌，龍鷹不住騰起，羊舌冷則慘被迫落往地面。但龍鷹卻是暗暗吃驚，這才算是他首次和「二師叔」正面交鋒，發覺他一雙手軟柔如綿，似若無骨，像兩條軟鞭多過像人手，故招式刁鑽難擋，防不勝防，如果在地面與他纏戰，只他一人已非常難應付。而他的內功更是古怪，如波浪衝擊，一浪比一浪猛烈，令人難以抵擋。

三眞妙子的綵帶攻至，今次她學乖了，綵帶竟生變化，化作七、八道帶影，也不知哪一條是眞的。只可惜她沒見過龍鷹在易天南府第接槍的驚人手法，否則不會再犯一次剛才被龍鷹借力脫圍的錯誤。

胖子和書生斜衝而上，力圖迫他落回地面。龍鷹喝道：「多謝三師叔！」一腳撐出，踩進帶影裡。帶影消散，變回一條綵帶，三眞妙子氣得嬌叱時，龍鷹破空而上，幾個翻騰，落在拱橋的另一端。

羊舌冷和三眞妙子從仍在空中的胖子和書生下掠過，朝龍鷹殺去。

龍鷹暗呼好險，若他剛才心存僥倖，往拱橋另一邊逃跑，肯定是向法明投懷送抱。不過明知法明尙未抵達橋的這一邊岸，他亦絕不會從陸岸逃走，因爲他正殺得性起，如此難能可貴的機會，有這麼多厲害的對手，怎可不盡興？

此一拱橋，是他最厲害的武器。敵人正被他利用拱橋的特性形勢，牽著鼻子走。

交戰至此，只不過十來下呼吸的時間，但已驚險萬狀，勝敗一線之差，龍鷹任何一個失著，都會陷自己於萬劫不復之地。偏是他履險如夷，還一副玩世不恭、揮灑自如的氣人神態。

龍鷹橫移開去，貼上橋欄，然後彎折過欄，就那麼貼著橋欄滑到橋底去，以一手吸啜橋底粗糙的泥石面，另一手劈出隔空掌，發出利比刀刃的驚人魔勁，朝首先追到橋底下來的羊舌冷劈去。

當日龍鷹便是以此招，純憑勁氣的鋒利切斷薛懷義的脖子，勝過刀刃的鋒快。

羊舌冷雖是了得，卻想都沒想過對方似是先知先覺般把他入橋底的時間位置掌握得一清二楚，就在他仍弄不清楚龍鷹在哪裡的一刻，對方掌勁的鋒芒已割頭而來，若被命中，會是腦破命喪的收場。

他也是了得，身子蜷曲直墜，氣聚屁股迎上龍鷹早有預謀的招待。

此正爲魔種級高手與其他高手的分別，神通廣大，到了橋底此一特定環境，其無所不知的感應，令他知敵的異能發揮得淋漓盡致，而敵人再難以如在橋面般輕易困死他。龍鷹利用環境，一舉把對方以眾凌寡的優勢徹底扭轉過來。

武曌看得準，他要殺法明是力有未逮，逃跑卻是綽有餘裕。

「砰！」

以羊舌冷這般畢生修苦行最捱得揍的高手，也要痛得悶哼一聲，硬被掌勁震得往橋底外拋飛。

龍鷹往另一方移去，空出的一手疾探，剛巧三眞妙子借綵帶縛著橋欄之力，往下降至，情況與羊舌冷全無分別，龍鷹若要殺她，得手的可能性極大，不過看在她是太平公主的師父分上，兼之對方又是這麼嬌豔的女人，實在沒法辣手摧花，突破對方護胸的掌影，往她高聳的胸脯抓了一把，五指各注入一道擾她眞元的魔氣。

「咕咚」一聲，羊舌冷掉進離橋七、八丈外河水裡的聲音傳過來，可知這一輪短兵交接的迅疾。

若三眞妙子曉得另一邊的羊舌冷中招失利，絕不會這麼容易著龍鷹的道兒，正因她以爲龍鷹正窮於應付羊舌冷的攻勢，所以想也不想的降下來，好與羊舌冷前後夾攻，收拾龍鷹，哪想得到羊舌冷被龍鷹一招收拾掉。

龍鷹抓上她的胸脯，不知是否天性相剋，她竟沒法做出應有的反應，反被他五縷魔氣侵體，延往全身經脈，且嬌體發軟，再拿不住綵帶，眼看要掉往離橋底近三丈的河水去，龍鷹伸手過去摟著她蠻腰，使了下手法，她如被操弄的傀儡般，急旋起來，被橫送開去，迎上剛來到橋底的書生處。

龍鷹手足並用，憑著能千變萬化的魔功，迅如鬼魅的退移往橋底的另一端。

書生低喝一聲，一手接著師姐豐滿撩人的嬌體，旋又慘哼一聲，全身一震，硬受了龍鷹借三眞妙子施展的旋勁，噴出小口鮮血，手再沒法運力攀附橋底，與三眞妙子變成同命鴛鴦，一起掉往河流裡。

胖子此時成功進入橋底，肥猴般往龍鷹倒吊著爬過來，成爲目下唯一可威脅龍鷹的人。

龍鷹對這個胖子最爲忌憚，知如給他纏死，一俟其他三人重整陣腳，他絕捱不了多久。不過他剛才所有戰略，均針對此君而發，胸有成竹。大笑道：「來得好！」

雙腳借橋底盡端的斜面用力一撐，炮彈般往大胖子筆直射去。

以大胖子的功夫，也要大驚失色。

他爲了要附在橋底，頂多可以雙足應敵，可是對方攻的是他胸肩的位置，以雙腳對龍鷹全力以赴的雙手，等於將老命交往對方手上，當機立斷下，雙手一推，往河水掉去。

四大弟子，沒有一人能避過落水的命運。

龍鷹一個翻身，追著胖子落水去也，任胖子的水底功夫如何了得，怎都比不上他在陸上的戰鬥力。而龍鷹卻是龍回淵海，憑魔種靈異的特性，水裡的整個環境，成爲了他厲害的武器。即使法明沒有負傷，若敢到水裡和他決戰，他亦絕不退縮。

以道門一流高手沈奉眞的厲害，在水裡亦要被他手到拿來，生擒活捉，可見水裡的邪帝，比之陸上的邪帝，在彼消我長下，實有過之而無不及。

龍鷹插水而入，大胖子正在接近河床處逆流潛游，水底此時伸手不見五指，但他純憑感應，敵勢全在他掌握中。

書生正偕還在發軟的三眞妙子泅往陸岸，羊舌冷則從另一方順流往他潛游過來，仍在五丈開外，沒法對他構成威脅。

龍鷹心中叫好，脫掉鞋子，魔功爆發，飛魚般俯衝而下，追上胖子。

胖子不愧高手，回身迎戰，倏忽間兩人在水底埋身交換了十多招，最後被龍鷹掌心吐勁，催動水流，狠狠撞了他胸腹間的要害一記，胖子噴出鮮血，借勢翻滾往一旁，避過了龍鷹側掃過去可取他性命的一腳。

龍鷹暗叫可惜，不過此時不走，更待何時？羊舌冷已追至近處，書生亦回到水裡。

驀地一股強大至令人難以相信的眞氣破水襲至，不用說，是法明發出的冷箭。龍鷹連忙催發魔功，從腳底噴出，箭矢般在水底滑行，倏忽間遠離戰場，險險避過法明的偷襲。

第二章　噩耗傳來

如是園外的小碼頭上，閔玄清剛送走一個客人，揮手道別之際，水聲嘩啦作響，一個濕漉漉的傢伙，先從水裡探出雙手，抓著碼頭的木樁，然後借力翻上碼頭來，在碼頭兩盞風燈的映照下，現出個比陽光更燦爛的笑容，致禮道：「閔大家請恕龍鷹來遲之罪，他奶奶的！差點又失約。」

閔玄清身後的兩個俏婢給嚇得花容失色，往後倒退幾步，閔玄清仍是溫文淡定，眉頭淺皺，看著河水從他披頭的散髮和衣服不住瀉下，旋即掩嘴嬌笑道：「看你弄得人不似人，鬼不似鬼，讓人家還以爲是水鬼作祟，爲甚麼弄成這個鬼樣子？幸好你還懂得笑。」

龍鷹朝河的遠方瞥一眼，目光移往驚魂甫定的兩個俏婢，神采飛揚的道：「兩位姐姐受驚哩！龍鷹向你們賠罪。」

轉向閔玄清道：「原來浸河水這麼爽，算是意外收穫。我是否該在這裡吹乾身子才入宅向大家請安呢？請大家先回宅內。」

閔玄清向兩婢道：「鷹爺會用我的澡房，你們去預備熱水和乾衣。」

兩俏婢聽到用的是她的澡房，均露出詫異神色，當然不敢多問，領命去了。

龍鷹受寵若驚道：「大家的澡房？是不是同一個浴桶？」

閔玄清若無其事的道：「你說呢？澡房只得一個大浴盆。我陪你吧！任你一個人在這裡吹風，豈是待客之道？」

龍鷹開始領教風流女冠不講俗禮的作風，欣然道：「風公子來了嗎？」

閔玄清道：「他該到了飄香樓去，不要管他。你還未說出因何要泅水來赴約。」

龍鷹道：「此事一言難盡，簡單點說，老子我給法明率領四大弟子圍攻，本來我早可脫身，但為了我和大家的未來，嘿！我是指不希望和大家卿卿我我時被人騷擾，不得不設法傷他娘的幾個人，令他們不敢直追到這裡來，多花了點時間，請大家體諒。」

閔玄清聽得一雙秀眸不住瞪大，完全沒法掩飾震駭的神情，倒抽一口涼氣道：「你在說笑！」

龍鷹笑道：「小子怎敢騙閔大家？不過法明過了三、四招後便置身局外，只由四大弟子出手。他奶奶的，那個大胖子真厲害，還有個書生模樣的人，都是我不認識的。認得的只有羊舌冷那傢伙和太平的師父三真妙子。太平的師父還給我摸了一把，希望她不會向徒弟哭訴。」

閔玄清驚異地打量他，好半晌才道：「胖子叫『笑裡藏刀』檀霸，曾在北疆橫行多年，是凶名極著的獨行大盜，北方武林聞之色變，後來依附法明，更沒有人敢碰他。但在你口中，只像個江湖的小腳色。龍鷹呵！你可知自己剛幹過甚麼事？」

龍鷹沒有感覺的笑道：「管他的笑容裡藏甚麼東西，這傢伙給老子打了一掌，沒十天半月休想復元。那書生又有何來頭？」

閔玄清瞥他妖媚誘人的一眼，吐氣如蘭道：「那書生倒沒有顯著的惡跡，外號『逍遙生』，姓年名平生，善使長劍，被譽爲朝外第一劍手，聲名僅次於風公子。如讓剛才發生的事傳開去，包保轟動天下武林。唉！你怎可能脫身的？還傷了他們。法明爲何不親手對付你？」

龍鷹從容道：「所以我說一言難盡。這些事何用放在心上，我唯一放在心上的，是如何可以得到閔大家的身心。哈！夠坦白了吧！全賴閔大家曾鼓勵過小子。」

閔玄清現出差點給氣死，但又不是眞的生氣的曼妙表情，道：「玄清何曾鼓勵過你？只是愛看你對敵時的神氣模樣。眞的怕了你。」

俏婢回來報上一切準備妥當。

閔玄清含笑道：「隨玄清來好嗎？」轉身便去。

龍鷹追上閔玄清，心花怒放的道：「怕了小弟甚麼呢？」

閔玄清嬌笑道：「怕你會在澡堂強來嘛！」

龍鷹愕然道：「大家竟準備和小弟來個鴛鴦共浴。」

閔玄清「噗哧」笑道：「澡是你一個去洗，我只是在旁看。」

龍鷹隨她進入如是園的正大門，宛如進入另一個天地，洛陽城像在此刻消失了，可見眼前園林院舍的布置擁有多麼強大的感染力，難怪風過庭對此園推崇備至。

穿過門樓，迎面是一面高達丈半，寬二丈的大影壁，灰褐色，上刻精緻的淺浮雕，展示如是園的全景。浮雕畫直截了當的顯示了如是園從附近河渠引水成湖，這個不規則的小湖成了如是園的中心和魂魄，房舍院落依水而築，既各自獨立，又以小湖爲共同空間。

繞過影壁，入目是美如畫卷的園林和建築物，庭院開敞雄健，以複道迴廊連接起來，穿園過林，曲折高低，予人可居、可遊、可思的深刻感受。

沿湖而行，蠟梅、芭蕉、芙蓉、紫藤、桂花，與假山、湖石，在別有心思的布置下，成景成圖，使人玩味不盡。

龍鷹極目湖岸連綿不絕的庭園美景，讚道：「既空透又幽深，確是不同凡響。」

與他並肩沿環湖碎石道而行的閔玄清抿嘴笑道：「這是不是見色忘色呢？」

龍鷹嘻皮笑臉涎著臉細瞧她道：「若把澡盆移至湖旁，閔大家又和小弟共浴，豈非兩色兼備？」

閔玄清吃吃笑起來，放浪形骸，盡顯風流女冠的本色，道：「這招叫打蛇隨棍上。」

龍鷹笑道：「甚麼都好！閔大家武技超凡，卻深藏不露，強來是行不通哩！只好軟語相求。」

閔玄清責道：「你眞的不懂女兒家心事，還學人自命風流，該裝作懵然不知，那當事情發生時，玄清可扮作欲拒無力嘛！」

龍鷹大樂道：「對！對！你現在只好扮作打我不過，被老子兩招三式的收拾了。哈！眞爽！」

閔玄清抿嘴淺笑，道：「不和你胡扯。告訴我，你是從甚麼地方鑽出來的？」

龍鷹立叫頭痛，苦笑道：「給你一句話收拾掉，玄清大姐又是甚麼出身來歷？在神州擁有天堂美景般的園林，聖上擺國宴不敢漏請你，達官貴人無不向你打恭作揖，禮數周到。」

閔玄清微嗔道：「你在反守爲攻，究竟有何不可告人之秘？」

穿過松樹林，前方柳樹後燈光掩映中，隱見亭臺樓閣，臨湖而建，沿湖處設長廊，逶迤曲折，仿如橫臥湖旁，景隨湖轉，不論近攬遠眺，均充滿詩情畫意。

龍鷹讚歎道：「眼前該是大家的溫柔窩，能與大家在此無人夜話私語，還有何憾可言？」

閔玄清淡淡道：「玄清絕不會和來歷不明的傢伙說知己話。」

龍鷹閃電探手，摟著她不盈一握，入手酥軟的纖腰，下一刻閔玄清已整個嬌軀靠貼他，一雙玉手只能象徵式的按在龍鷹肩膊處，卻生不出半絲推拒的力道。

龍鷹深深看進她眼內去，湊下少許輕吻她香唇一口，柔聲道：「千萬勿再對我說剛才般的無情話，我是有說不出來的苦衷。風過庭、萬仞雨、狄仁傑和張柬之都曉得我的底細，可知我不是壞人。你是否曉得丹清子，她不久前在青城山成道，我還護送她的兩個女徒到慈航靜齋去，這是極端機密的事，大姐千萬不可告訴別人。」

閔玄清本僵硬的身體變得軟如棉絮，一雙玉手水蛇般纏上他的脖子，柔聲道：「你故意弄濕人家是何居心？送明惠和明心到靜齋的不是一個叫范輕舟的人嗎？怎會忽然變成你？」

龍鷹首次從全新的角度看懷內美女，閔玄清絕不是她風流女冠的表面那麼簡單。咬著她耳朵道：「范輕舟又是從哪裡鑽出來的？他是老子另一個化身，現在再由另一個人扮老子在巴蜀活動。大家的身體眞的誘人至極。」

閔玄清微仰俏臉，明亮的美眸變得朦朦朧朧，輕輕道：「你的氣場非常奇特，令玄清的內丹變得空靈通透，感覺動人。你既說出這麼多機密的事，因何獨不肯坦告來歷？」

龍鷹不解道：「閔大家似乎對我的出身來歷比對我這個人的興趣還要大。再親個嘴如何？」

閔玄清甜甜一笑，輕吻他嘴唇，眸神轉亮，道：「有分別嗎？龍鷹你惹起玄清的好奇心。丹清子在道門德高望重，她看中你，當然有她的理由，玄清想知道嘛！」

最後一句，充滿撒嬌的味道，由她這位特立獨行的道門美女使出如此女性化的手段，分外教人神銷意軟。

龍鷹回吻她一口，道：「我是道和魔攜手打造出來的異種，丹清子感應到的是我的道心，你若完全信任她，就不該窮根究柢下去，總有一天我會坦誠相告，但不是今晚。」

閔玄清發出銀鈴般悅耳的嬌笑，輕輕從他的擁抱脫身，改爲牽他的手，似有所悟的領他朝庭舍舉步。

龍鷹脫光衣服，坐進注滿熱水，直徑五尺，高五尺的圓形超大木製澡盆內，熱氣騰升下，舒服得差點高歌一曲，洗刷起來。

閔玄清送他到門口，著他自行進內，便不知到哪裡去了。他認識的女子中，太平公主比較接近閔玄清的作風，卻欠了她文采風流的氣質。

「咿唉」一聲，閔玄清捧著一疊衣衫推門進來，神色凝重的來到浴盆旁，道：「風公子剛到，他說聖上要立即見你。」

龍鷹心神一震，曉得有天大重要的事發生了。

皇宮。貞觀殿。內堂。

武曌站在龍案之旁，臉寒如冰雪，雙目殺機閃閃，聲音像在她龍口迸濺出來似的道：「黑齒常之在成都遇刺身亡。」

她的話是青天霹靂，直轟進龍鷹的天靈蓋，腦袋一片空白。

武曌的聲音像從很遙遠的地方傳進他耳鼓內，道：「婉兒，你來說當時的情況。」

龍鷹整個人虛虛蕩蕩，心像被大鐵錘不住重擊，站也差點站不穩。他自懂事以來，從未有過這般難受，魔種也似不起作用。直至此刻，他方清楚這個可敬明師在他心中的地位。

上官婉兒的聲音似在虛無中來回激盪，他有點不想聽下去，聽一句沒聽一句的，大約捕捉到黑齒常之到城外視察新建的子城，途上遇襲，親衛高手幾乎傷亡殆盡，親兵傷亡逾百人，刺客則留下四十具屍體，可以想像當時戰況之激烈。

突厥人贏了一場大勝仗，且是關鍵性的勝利。黑齒常之的死亡影響深遠，幾乎改變了中土與外族的形勢，直接衝擊武曌的決策。

他心中湧起對寬玉、大江聯和突厥人切齒的痛恨。

下一刻他完全清醒過來，晉入魔極的狀態，過去被無形之刀斬斷了。定神一看，站在他身旁的風過庭仍是那副冷靜模樣，只是容色蒼白了點。

武曌和立於一側的上官婉兒，目光全往他投來。

龍鷹收攝心神，清楚曉得自己剛才道心失守，差點走火入魔，這可是向雨田從沒有提及過的情況。

風過庭道：「臣下該如何為聖上效死命，請聖上賜示。」

「砰！」

武曌一掌拍在桌上，冷然道：「給朕將大江聯連根拔起。」又道：「龍鷹！」

龍鷹不知該悲還是該喜，黑齒常之的遇刺身亡，將武曌的想法改變過來，明白到孰輕孰重，若仍執著因要捧武承嗣致本末倒置，後果難以想像。

龍鷹應道：「小民在！」

武曌不悅道：「朕在問你意見。」

龍鷹沉吟道：「我們的對手是寬玉和那姓萬俟的女子，如果我們將力量全用在他們身上，會中了他們的奸計。」

武曌現出思索的神色。

武曌不說話，沒有人敢說話。

武曌點頭道：「好！說得好！龍先生或許是這裡唯一保持清醒的人，朕因悲痛大將軍的死亡，致意氣用事。」

龍鷹道：「刺殺大將軍的行動，籌謀已久，謀定而動，故必有後著。而且一旦發動，必是雷霆萬鈞之勢。大江聯仍未有這種實力。」

武曌動容道：「難道是突厥人大舉南侵？」

龍鷹道：「照小民看該是笨人出手，以試探我們的虛實，只要我們能迅速應變，以迅雷不及掩耳的速度手法，粉碎入侵，突厥人會繼續和談，我們亦得喘息之機。」

武曌道：「你太不明白邊疆的形勢和外族的軍力。」

龍鷹完全恢復了信心和智力，淡淡道：「小民和任何一方交手，事前亦不清楚對方的策略實力。」

武曌二度動容，目光灼灼的審視眼前邪帝，頷首道：「說得好！橫空牧野該不會看錯人。」

龍鷹和風過庭交換個眼色，均感到以前的武曌又回來了。

龍鷹道：「不論入侵者是哪一個外族，我們現在必須訓練一支秘密部隊，人數不可超過三千，但必須是能征慣戰的精銳。」

風過庭忍不住道：「兵力不嫌太薄弱嗎？不論突厥或契丹，動員的兵力動輒以十萬計，三千兵可以起甚麼作用？」

龍鷹欣然道：「只要是奇兵便成。」

武曌道：「看來龍先生已胸有成竹。」

龍鷹道：「這叫將計就計。我們裝作全力對付大江聯，事實上卻是秘密練兵，但只練那三千兵，其他一切全無改變。當敵人入侵，才倉卒調兵遣將，以梁王爲統軍大統帥，數十萬人浩浩蕩蕩向前線開去。聖上請勿怪小民實話實說，這樣一支大軍肯定士無鬥志，卻是我們三千精銳的最佳掩飾，當敵人以這般的對手釐定策略，又生出輕敵之心，我會和仞雨、過庭深潛敵後，擒殺對方的最高首領，提他的頭回來見聖上。」

武曌道：「你爲何推薦梁王爲行軍大統領？」

龍鷹苦笑道：「聖上眞的要小民說出來嗎？聖上只要想想此戰若勝，功勞全歸梁王，該明白小民的苦心。」

武曌終現出笑容，像是首次發覺龍鷹可以變得聽教聽話，道：「該不是甚麼好話，朕比你更明白他。」

接著向上官婉兒道：「今晚在這裡說的每一句話，都不可以傳入第五個人的耳中。婉兒明白嗎？」

上官婉兒嚇得跪倒地上，道：「婉兒明白！婉兒明白！」

武曌就那麼讓她跪伏地上，道：「龍先生明天可讓朕清楚你的全盤妙計嗎？」

龍鷹道：「完全沒有問題。」

武曌道：「婉兒！你代朕送龍先生和過庭。」

三人離開內堂。

上官婉兒靠近龍鷹，低聲道：「梁王會很感激你。」

風過庭道：「但千萬不要提及鷹爺看中他的原因。」

上官婉兒苦笑道：「婉兒敢嗎？」

龍鷹很想逗她幾句，但因黑齒常之的死，失去心情。他今次使盡渾身解數，就是要爭取帶兵遠征的機會，為將來殲滅突厥人鋪路，所以無所不用其極。換過狄仁傑，怎都不肯讓武三思有立功的機會。

上官婉兒湊到龍鷹耳邊道：「剛才有一陣子，龍大哥的臉色變得很難看，幸好回復過來。婉兒明白龍大哥的心情，過兩天找你行嗎？」

龍鷹點頭答應，在她的欣欣道別下，離開貞觀殿。

第三章　形勢逆轉

離開貞觀殿，龍鷹和風過庭商量了好一會，決定分頭行事。由風過庭找狄仁傑，龍鷹則去見胖公公。

胖公公在宮監府的內堂見他，還使人弄來燕窩粥，兩人邊吃邊談。龍鷹一股腦兒將別後所有事情說出來，胖公公仍是輕輕鬆鬆，吃得津津有味。

龍鷹見他一副慢條斯理的樣子，忍不住問道：「我下錯棋嗎？」

胖公公搖晃著肥頭道：「不愧魔門邪帝，這一著非常厲害，打亂了武曌對你的盤算。」

龍鷹忙問其故。

胖公公道：「她本打定主意不讓你領兵出征，可是由於你捧武三思，她在權衡利害後，不得不改變主意。不論她對你有甚麼長久之計，但對迎面劈來的一刀，怎都要先設法破解，這就是目前的險峻形勢。」

龍鷹道：「武三思究竟是怎麼樣的一個人？」

胖公公道：「從大處看，武三思和武承嗣是一丘之貉，同樣有爭奪太子之位的野心，嫉賢妒能。但平心而論，武三思害的人遠比武承嗣少，才智更高於武承嗣，做人八面玲瓏，與張氏兄弟關係密切，人緣比武承嗣好多了。武曌很信任他。」

又欣慰的歎息道：「眞想不到，法明親率四大弟子圍攻你，竟落得焦頭爛額而回，看他這個假邪王以後還敢否小覷你這個眞邪帝？」

龍鷹道：「他最大的失著是給我看破內傷未癒，我定要趁早從他手上把《無上智經》奪回來。」

胖公公道：「三千精兵的事，你打算如何處理？告訴我，你會否在御衛和羽林軍裡挑選？」

龍鷹頭痛的道：「不論御衛或羽林軍，都是養尊處優慣了，怎能陪我到苦寒乾旱的塞外吃苦，我正爲此煞費思量。」

胖公公道：「你想得這麼周詳，公公放心了，可見你雖未上過戰場，卻是知兵的人。有些事自己辦不來，可請能者當之。這方面你去徵求狄仁傑的意見，由他爲你找合適人選，但你須向武曌爲此人爭取好的條件，對方才會樂爲你所用。說到底，仍是個利益的問題，沒多少人像你般毫不計較。」

龍鷹拍案叫絕道：「公公果然老謀深算。」

胖公公吃罷燕窩粥，笑道：「我是老奸巨猾才眞。不過你惹上閔玄清，會多出很多煩惱，公公怕你應付不來。」

龍鷹道：「有甚麼煩惱？」

胖公公道：「自李世民封道門爲國教，又在長安建三清宮，道教因而大盛。武曌初期亦崇尚道教，剛立爲天后時，上書高宗的《建言十二事》裡，提出王公以降須習《老子》的建議，自己更曾入道觀清修。只因後來爲登帝位，道門支持的卻是李唐，方採崇佛抑道的政策。」

龍鷹想起上陽宮內的女道觀，點頭道：「這和閔玄清有何關係？」

胖公公道：「道教興盛，自然出現百花齊放的局面。故而道家大大小小達百多派，以天師道和上清派爲男女兩大主流。閔玄清的師父丁妲本屬上清派，後自創支流，將道法和佛教密宗的歡喜法融渾爲一，自稱太一流，其追求男女雙修之術，確有道佛理論支持，故仍被道門視爲正統的旁支，與上清派保持良好關係。」

龍鷹開始有點明白，道：「佛門被法明弄得一塌糊塗，看來道門難以免禍。」

胖公公道：「正是如此。現在的你等於佛門的救星，也極可能是道門的救星。我弄不清楚眞實的情況，留待閔才女告訴你吧！」

龍鷹道：「還有甚麼事是我需要注意的？」

胖公公道：「明天見武曌，先想好要甚麼，打鐵趁熱的向武曌提出來。切記今天要她答應你這樣，明天求她答應你那樣，會令她認爲你是貪得無厭。」

龍鷹答應一聲，告辭離開。

回到甘湯院，龍鷹拋開一切，包括心中的傷痛，享受三女的伺候，浴罷來到後園，甚麼都不想的躺在臥椅上。

秀清嬌柔地伏在他身上。

龍鷹一手摟抱她，另一手輕撫香背，思想活躍起來。黑齒常之被刺殺，重重地打擊他，帶來了自懂事以來最嚴重的傷痛，令他生出仇恨。隱隱裡，他感到仇恨會影響他的道心，有害無益。

秀清羞澀的道：「夫君大人呵！我們爲何仍未懷你的孩子呢？人家很想有呵！」

龍鷹吻她香唇，愛憐的道：「我現在所處的功法層次，是不會有孩子的，要再升上一個層次，方可開放生機，讓你們懷孕。現在我們亦不宜有孩子，待我們遠離神都，找個山明水秀的地方，建立我們的家，那時你愛多少個也不成問題。」

秀清大喜道：「原來是這樣子，差點擔心死我們哩！」爬起來，匆匆回後院向人雅和麗麗報喜。

龍鷹心中苦笑，剛才向秀清說的話，是向雨田說的，純爲理論，希望他在此事上沒有出錯。想起寇仲因練《長生訣》而沒有子嗣，說不害怕令嬌妻們失望就是騙人的。

不由又多了個擔心。無憂無慮是多麼難得？又或許這種心境從來沒有存在過。自己的童年算是無憂無慮嗎？似乎又不是的，不論如何開心，又或忘情於書本內的天地，心中總還有止不住的渴望和憧憬。而少年時代憧憬的事，現在已一一實現，但怎都和憧憬本身的完美或多或少有落差。

世上眞的沒有完美嗎？想想又不是，在劍鋒相對又或男歡女愛、情濃如火之時，確可使人忘掉此之外的一切。

麗麗貼著他腿側坐下，秀眸射出如火熱情，探手撫他臉頰，柔情似水道：「夫君大人呵！夜哩！還不就寢休息，明早你還要到御書房去。」

龍鷹仰望夜空，心忖定要好好學習吐蕃語和突厥語，爲將來做好預備工夫。倏地起立，將麗麗攔腰抱起，回內院去。

進入御書房，武曌比他還要早，正伏在龍案批閱奏章。龍鷹請安問好後，回到自己的地盤開始默寫第九篇。

武曌擱筆道：「你能一心二用，是否與大法有關係？」

龍鷹繼續快速書寫，朝她瞧去，道：「小時一個人閒著無聊，不論遊戲說話，只得自己對自己，一心二用就是這般練就出來的。」

武曌道：「該是與你的天賦有關係，後天的環境只是讓你的天賦得以發揮。回來後，你是不是一直生朕的氣？」

龍鷹道：「不是生氣，而是憂心。就像水往下流，火性向上。聖上該比任何人都更明白一件事若要成功，必須順勢而行，待至時機出現，否則等於緣木求魚。唉！」

龍鷹知她這番話是重要說話的前奏，靜心恭聆。她任何一個錯誤，影響的將是天下蒼生。

武曌忽然道：「昨天早上大校場發生甚麼事？不准隱瞞，否則朕會治婉兒欺君之罪。」

龍鷹失聲道：「關婉兒甚麼事？」

武曌淡淡道：「奈何不了你，只好找個你關心的人祭旗。」

龍鷹投降道：「小民從戈宇身上嗅到散發著的藥氣。」

武曌勃然大怒道：「好膽！承嗣眞的不知自愛，屢勸不改，大事抓不好，卻在微眼處耍小聰明。」

龍鷹不敢答她。

武曌道：「但你和過庭卻像預先曉得似的。」

龍鷹答道：「魏王太不懂隱藏之道，一副胸有成竹，喜形於色的樣子，有信心得過了分。我們察覺有異，遂約好由我下場，過庭則在旁觀察，當我發覺戈宇內氣轉盛，又身帶藥味，遂以暗號通知過庭出來中止比武。」

武曌沒有懷疑這番不露破綻的話，徐徐道：「坦白告訴朕，你怎樣看承嗣？朕想聽中肯的話。」

龍鷹心忖若沒有「武三思效應」，休想武曌聽關於武承嗣的意見，且是主動垂詢。正因如果武三思立下軍功，可取武承嗣而代之。

龍鷹怎敢直答，道：「突厥國師寬玉雖然是我們的死敵，但他卻說了句很有意思的話，就是著我操舟過虎跳峽之舉背後的原因，不單看我對水性的認識、操舟的技法、心志的堅毅，最重要是看我的運道。」

武曌皺眉道：「你是指承嗣運氣不濟。對嗎？」

龍鷹仍不敢直答，怕觸怒她。語重心長的道：「運氣好的人，壞事可變成好事，謂之錯有錯著；運氣差的人，妙著反成失著。」

武曌歎息一聲，想到的當然是武承嗣昨早在大校場的妙著變失著。道：「寫畢第九篇，你代朕去請國老明早上朝，告訴國老，朕會罷免承嗣，讓他回復原職。」

龍鷹大吃一驚道：「萬萬不可！如此突厥人將曉得我們密謀對付他們。」

武曌道：「只從這句話，知你眞的爲朕的大周皇朝著想，事實上朕是試探你。那就改爲告訴國老，朕任他推薦一人，入仕文昌臺，取代魏王在朝廷的職務，而魏王則專注於與突厥人的交涉。」

武曌說的入仕文昌臺，意指陞爲宰相。原來武則天「親自獨斷」後，大改朝廷官制的名字，例如尚書省改爲文昌臺，下屬的六部則由吏部改爲天官、戶部成了地官，禮部是春官，兵部是夏官，刑部是秋官。其他的左右僕射爲左、右丞相，門下省爲鸞臺，侍中爲納言，中書省爲鳳閣。像武承嗣頭號謀臣張嘉福的鳳閣舍人，便等於以前中書省的主事大官。

龍鷹心叫厲害，暗抹一把冷汗，事君確如事虎。說到玩政治，自己哪是武曌的對手？而狄仁傑爲捧自己人，肯定需和武曌妥協。

武曌話鋒一轉，道：「昨夜見過你們後，朕隨即召見梁王，親口告訴他你大力推薦他爲遠征軍的大統帥，還願附驥尾，爲他效力。現在你要他給你甚麼便甚麼。明白朕的苦心嗎？」

龍鷹忙道：「謝主隆恩！」

武曌忍俊不住的笑道：「只不過爲你說幾句好話，有甚麼好謝恩？現在該輪到你說出全盤計畫哩！」

龍鷹由衷的說道：「謝主隆恩！」

甫踏出上陽宮，被風過庭截著，領他直奔董家酒樓，登上三樓，來到尾端的廂房，狄仁傑的親衛高手多了一倍，守在酒樓各扼要處，如臨大敵。

狄仁傑、張柬之和萬仞雨正在廂房內等待他們。坐下後，龍鷹將剛才與武曌的對話一一說出。然後道：「我是不得不推薦武三思這個聖上唯一可接受的人，請國老諒解我的苦衷。」

狄仁傑笑道：「老夫怎會怪你？換做是我，因心中排斥武氏子弟，會大力反對。讓他當大統帥又如何？適足暴露其醜，但卻是最高明的惑敵之計。最好表面上你和武三思弄得勢如水火，那就誰都不懷疑你在暗中主事。」

眾人稱妙。

龍鷹心忖薑果然是老的辣。道：「現在最頭痛是如何挑選和訓練那三千精銳。我昨夜去找胖公公，他說只要請教國老，問題將迎刃而解。」

狄仁傑和張柬之交換個眼色，現出會心微笑。

狄仁傑向張柬之欣然道：「你是不是想到他？」

張柬之捋鬚頷首。

狄仁傑道：「該是大將軍之靈在天保佑，確有一個可解決此一問題的不二人選。此人名郭元振，因牽連而被革除軍職，賦閒在家。此人在軍隊中打滾二十多年，對軍中情況瞭若指掌，精通兵法軍略，智勇兼備。若聖上肯下詔召他來神都，又讓他恢復原職，保證他肯為我們的鷹爺效死命。」

龍鷹尷尬道：「連國老也來耍我。」

張柬之道：「此人不但武功高強，且是個軍事狂人。別人視軍旅生活為苦差，他卻甘之如飴。最精彩是他曾任職於黑齒常之、婁師德等邊疆大將麾下，對外族有很深的認識。由他來配合你們三大高手，當是如虎添翼。」

狄仁傑道：「至於所有糧餉、裝備、練兵，可全交給此人，他會做得妥妥當當。」

龍鷹大喜道：「那就有救了。聖上已答應我會厚待這支秘密部隊，好使將士用命。照我看，可把郭元振從以前的職位再升一級，由副將變爲正將。」

狄仁傑道：「這方面由老夫和聖上斟酌。」

風過庭欣然道：「國老終肯妥協了。」

狄仁傑看張柬之一眼，歎道：「聖上肯腳踏實地做人，老夫當然附和鼓勵。若仍任由武承嗣那賊子自把自爲，兵部給他控制在手裡，對你們組新軍大大不利。換了由柬之控制，當然是另一回事。」

張柬之一震道：「國老！」

眾人都曉得狄仁傑要推薦的宰相人選，正是張柬之。

狄仁傑向張柬之歎道：「若有第二個人比你適合，我絕不會推薦你，因爲閒來誰和我對弈，讓我可在棋盤上逞威風？」

萬仞雨輕輕道：「昨天那局棋好像是國老輸了。」

眾人爆起哄笑。

張柬之笑罷，苦澀的道：「這時候實在不應笑的。」

狄仁傑灑然道：「大將該為我們仍可笑出來感到欣慰，死者已矣，我們必須樂觀積極面對即將來臨的禍患，為大將和所有死者討回血債。龍小兄，你是否準備放手大幹？」

龍鷹應道：「還有別的選擇嗎？」

狄仁傑舉杯道：「大家喝一杯！」

五人轟然對飲。

狄仁傑站起來，嚇得眾人慌忙隨之起立。

狄仁傑道：「我再沒有選擇，須立即入宮覲見聖上，為即將來臨的變化做好一切的準備工夫，這方面是宜速不宜遲。」

四人同聲應是。

狄仁傑的目光落在龍鷹身上，道：「藕仙那丫頭忽然又回復正常，天剛亮便出門，真不知你們間發生過甚麼事？」

龍鷹苦笑道：「今次連我自己都沒個譜兒。」

狄仁傑啞然失笑，搖搖頭道：「你們三個坐下來，吃點東西，柬之陪我到皇宮去。」

狄仁傑和張柬之去後，三人點幾個小菜，吃喝起來。龍鷹趁機將宋言志約他見面的事說出來。

萬仞雨道：「我現在是滿肚寃鬱氣無處發洩，最好是火併連場，殺個天昏地暗。」

風過庭道：「難得我們三個又聚首一堂，何不找些事來舒活筋骨？」

龍鷹道：「在見宋言志前，我們不宜輕舉妄動，小不忍則亂大謀。」

兩人點頭同意。

風過庭問龍鷹道：「鷹爺有甚麼好去處？」

龍鷹神秘一笑，道：「現在不可以說出來，說出來就不靈光。哈！我自有好去處。」

萬仞雨哂道：「有甚麼好神秘兮兮的，不過是去找美女吧！公子！我們識相點。」

風過庭道：「不要笑他哩！不趁機好好享受，遲些的戎馬生涯，你當會好受嗎？」

龍鷹的耳鼓內，似已響起千軍萬馬廝殺血拚的聲音。

第四章　夜訪禪院

龍鷹回到甘湯院，對三女道：「快換便服，讓爲夫帶你們三個美人兒出宮遊城。」

她們都不知多少年沒有離開皇宮皇城的範圍，聞言歡欣若狂，各自回房匆匆換衣，隨龍鷹走出甘湯院正大門，早有馬車恭候。令羽和三十個精選的御衛，一律穿上平民便服，牽騎恭候，那種陣仗，令三女又驚又喜，怎想得到出宮會驚動這麼多人！

龍鷹和三女鑽上馬車，令羽一聲令下，全體御衛翻上馬背，前後護著馬車，往觀風門樓馳去。

車廂內人雅等佔著車窗的位置，嘰嘰呱呱的指點窗外說話，開心得不得了。龍鷹坐在人雅旁，臉頰最少被三女香了數十次，這才到達上陽宮外的碼頭。

十多艘快艇泊在碼頭處，龍鷹攙扶三女登艇，親自搖艇，在令羽他們十五艘快艇前後遠近的保護下，開始河上遊城的壯舉。

河風徐徐吹來，看著她們興奮得俏臉通紅，左顧右盼的指點說話，龍鷹心中湧起滿足的感覺。對他來說，能令心愛的女人快樂，才是最了不起的成就。爲了她們，他可做出任何犧牲，不會有絲毫猶豫。

陽光從中天偏西處灑射下來，爲這個偉大的城市漆上金色的外衣，當陽光被岸旁樹木房舍遮蔽，快艇駛進陰暗處去，不旋踵又從陰影重返陽光燦爛的河段，那種由暗到明，由明至暗的情況，形成動人的節奏，天人交感。視野隨兩岸景物不住變化，擠壓後忽又豁然開闊，令人目不暇給。

人雅指著數排垂柳後一座宏偉的寺廟，嚷道：「那是甚麼寺？」

麗麗忘形的叫道：「夫君呵！我們要到那裡上香祈福呵！」

龍鷹向緊隨身後的令羽打手勢，令羽將兩指放入口中，吹響口哨，快艇就那麼泊往一旁，由龍鷹逐一把三女抱上岸，讓三女到寺內上香。

近半個時辰後，他們重返艇上，繼續遊城壯舉。繞了個大圈，返回上陽宮的起點。坐馬車回到上陽宮後，龍鷹穿上夜行衣，以外袍遮蓋，取來飛天神遁、夜盜工具，又裝上袖裡乾坤，懷裡藏著醜面具，逐一吻別三女，告訴她們明天回來，離宮去也。

庵堂外，龍鷹脫掉面具，時近黃昏，他深吸一口氣，收攝心神，步入庵堂，遇上個五十來歲神情肅穆的尼姑，合十道：「師父怎麼稱呼！」

尼姑合十答他道：「貧尼澄意，是這裡的住持。」

龍鷹恭敬的道：「佛法無邊，小子龍鷹。」

尼姑現出一絲難得的笑容，道：「施主請隨貧尼來。」領龍鷹從佛堂後的門進入內堂，內堂後是幽雅的園林，澄意尼姑指著林木間的一座小房舍，道：「端木小姐正在靜舍等候施主，她說過施主今天必到。」

龍鷹早在進入庵堂前，感應到心愛的美女。事實上今天在董家酒樓，他曾生出微妙感應，或許這就是魔種和仙胎間的心有靈犀一點通。

澄意尼說畢自行離開，龍鷹滿心歡喜的步入別院，端木菱安坐小廳內的一角，神色靜如止水的看他，與呆立門前的龍鷹對視片刻，唇角逸出一絲微僅可察的笑意，柔聲道：「恭喜龍兄魔功大有精進，小女子坐下不到一刻鐘，龍兄便來了。坐下嘛！站在那裡幹啥？」

不知是否錯覺，今次與仙子相會，總感到與前有點分別，距離像減少了。龍鷹來到她旁隔几坐下，道：「仙子曾看過《無上智經》，可有從其中看到破魔種之法嗎？」

端木菱淡淡道：「智經可令人對魔種仙胎有深入的瞭解，但休想可找到破魔種或仙胎之法。不論魔種仙胎，都是超乎人世玄之又玄的異物。只有仙胎和魔種可以互相威脅，此為天地之理。」

龍鷹朝她望去，欣賞她扣人心弦的絕美輪廓，笑道：「我終於明白法明爲何如此不智，竟去強奪智經。智經又不是《不死印法》，奪到手不會對他的不碎金剛有任何裨益，卻開罪了整個道門，且至今仍未從丹清子打他的一掌復元過來。所以他這樣做是有目的的，針對的正是小弟最仰慕尊敬的仙子。」

端木菱不爲他言辭所動的道：「你最近和法明交過手嗎？」往他瞧來，仙目深幽明亮。

龍鷹迎上她的眸神，魔目晶閃閃的，輕鬆的將昨天的情況道出來，然後分析道：「法明最後從岸上襲擊我的眞勁，是全力出手，加上之前他曾對我窮追不捨，截著我時更露出破綻，被小弟及時發覺，在橋上又與小弟過了幾招，肯定牽動他嚴重的內傷，現在大有可能仍留在神都某一佛寺打坐療養，所以要偷東西，今夜是最佳時機。哈！那笑裡藏東西傷得最重，爬也爬不回淨念禪院，哪來氣力闖城牆？至於太平的師父三眞妙子，恐怕仍在設法化解小弟從仙子處學來的寄體魔氣，不像仙子般那麼愛小弟，肯讓魔氣長駐仙體之內。哈！」

端木菱沒好氣道：「正經一陣子，又開始發瘋。」

龍鷹細審她通透晶瑩，沒有半點瑕疵的玉容，訝道：「仙子今次爲何不臉紅？」

端木菱有點依依不捨的別過頭去不看他，微笑道：「因爲小女子已成功將你作怪的魔氣打入冷宮，你以後休想輕易對人家下手。」

龍鷹笑嘻嘻道：「世事豈能盡如人意？我們間的魔仙遊戲仍是方興未艾。哈！現在仙子對本人口口聲聲的仙子前仙子後全不介懷，這算否我和仙子間的良好進展？」

端木菱微聳香肩，動作灑脫好看，凝望別舍外夕照餘暉下的園林景象，悠然道：「喚仙子對你來說算是尊重小女子哩！到你自稱甚麼甚麼時，再和你算帳也不嫌遲。」

龍鷹心癢難熬的道：「可以自稱甚麼呢？」

端木菱嗔道：「你究竟是來共商取回《無上智經》的計策，還是來調戲人家？」

龍鷹看得目瞪口呆，端木菱的大發嬌嗔確是仙界亦難得一見的奇景，更顯示她的仙心傾向自己。忙道：「對！對！剛才說到一半，便轉往更有趣的話題。哈！若我所料無誤，法明奪取刻上《無上智經》的兩塊寒玉板，是要引仙子去奪回來，從而可布下陷阱誘仙子上鉤。其他不用小弟說出來吧！」

端木菱輕描淡寫道：「這個人家早猜到了，所以央你這個古靈精怪的壞蛋與小女子攜手。唉！眞不知是禍是福。」

龍鷹大樂道：「多謝仙子捧場，明知小弟是另一個陷阱，仍肯踩仙足進去，垂青小弟此陷阱。今晚讓我們一邊談情說愛，一邊著手進行偷東西，仙子尊意如何？」

端木菱抿嘴淺笑，瞥他一眼，雙目仙芒湛湛，沒有絲毫被逗之象。柔聲道：「可以起行了嗎？」

兩人卓立山頭，遙觀星夜裡五里許外山巔上的淨念禪院，右方遠處是大周軍延綿幾個山頭的營寨，顯示武曌並沒有放鬆對法明的威嚇。只要她一聲令下，淨念禪院將會遭受毀滅性的攻擊。

端木菱道：「即使法明和四大護法弟子不在，淨念禪院仍有以十八護寺僧為首的數千僧侶。這批僧人在法明悉心訓練下，武功高強者大不乏人。護寺僧之首法號智愚，出身佛門正宗，因犯色戒，被逐出佛門後投靠法明，法明倚之為左右手，地位猶在四大弟子之上，遇上此人，不可輕敵。」

龍鷹道：「如此我們可智取之。」

端木菱道：「只是如何避過敵人耳目，潛入禪院已不容易。」

龍鷹道：「大搖大擺從正門走進去，當然行不通。哈！幸好山人自有妙計，就怕仙子不肯合作。」

端木菱無奈道：「早知你這無賴心懷不軌，另有企圖，說出來聽聽吧！」

龍鷹靠近少許，差點碰著她的仙肩，笑嘻嘻道：「請仙子開放少許仙心，當小弟是你情郎，偶然享受一下郎情妾意、溫馨甜蜜的滋味，而事後大家又當沒發生過任何事，若如雪地足印，轉眼了無痕跡，不也是一種仙法禪境的考驗嗎？」

端木菱朝他瞧來，俏臉被聖潔的光芒籠罩，美眸生輝的輕輕道：「那晚給你看破我沒有殺你之意，使出無賴招數，破掉我的劍心通明，我便打消和你比拚高下的心願。也試出你爲清楚我的心意，可置性命和魔種於不顧。不知是否來自前世的冤孽，今世遇上你這只懂瞎纏的小子，逗弄人家的方法層出不窮，不到黃河不死心。如果你只爲滿足一己私慾，弄得今晚一塌糊塗，成事不足敗事有餘，我便返回靜齋，以後不理會你。明白嗎？」說畢像苦忍笑意，硬迫自己不笑出來，那模樣可愛動人至極點。

龍鷹心神皆醉，拍胸保證道：「請仙子絕對信任我，打今晚之後，如果不得不和仙子有親密接觸，都是因沒有別的選擇，而且事前會說出來大家斟酌，仙子首肯後方付諸行動。如此仙子可放心嗎？」

端木菱白他一眼，道：「你的保證不值一文，只看你洋洋得意的神態，便知你沒好路數。先說來聽聽，你有甚麼潛入禪院的妙計？」

龍鷹壓下心中狂喜，端木菱再不是以前的端木菱，而是對自己生出情意的仙子。裝作嚴肅的道：「仙子請隨小弟來，現場觀察比憑空描述更直接簡單和有說服力。」

言罷領頭朝淨念禪院掠去，端木菱暗歎一聲，秀髮飄揚的緊追他。

龍鷹在端木菱的耳旁道：「我們從這一邊偷偷上去。」

端木菱仰起螓首，觀看有如被天斧削切而下，陡起近三百丈淨念禪院的後山崖壁，只間中有盤根老樹從石隙間探出橫幹。仙口吐氣，難以相信的道：「這是沒有可能的，離我們最接近的樹亦在三十丈的高處，根本沒有借力的落腳處。」

龍鷹先解下背上的布袋，脫下外袍，現出一身夜行勁裝，好整以暇的道：「正因沒有可能，敵人才做夢都想不到有人可從這裡偷偷上去，而此更爲潛入禪院的萬無一失之法。仙子可以想到更好的辦法嗎？」

端木菱朝他瞥一眼，見他一面得色，有點懊惱、秀眉輕蹙的道：「我承認如果可以成功由這一邊攀崖，確是最佳的潛入路線。也知你是胸有成竹，所以故意賣關子，你究竟在耍甚麼把戲？」

龍鷹知她對自己愈來愈容易仙心失守，欣然道：「小弟想先請教仙子一個問題，今晚如能成功取回兩塊寒玉板，仙子是否再不嚷著要返靜齋，而是乖乖的理會我？」

端木菱回復平靜的仙態，輕柔的道：「只不過是嚇唬你吧！龍兄不用放在心上。」

龍鷹笑道：「原來仙子在和我玩兒。哈！真爽！」

端木菱歎道：「可以正經點嗎？」

龍鷹來回踱步，又仰望夜空，最後立在離崖十多丈的位置，招手道：「仙子請過來，站在小弟身後。」

以端木菱的智慧，仍無從猜估他葫蘆裡賣的是甚麼藥，但又知這小子必有他的一套，依言來到他身後。

龍鷹從懷裡取出飛天神遁，又把大布袋交給端木菱，著她揹在背上。然後道：「仙子請兩手分別抓緊我兩邊肩頭，小子會朝前衝出，施展獨門彈射奇技，估計可筆直射上至少二十丈的高空，然後憑手上寶貝抓著崖樹。仙子唯一要做的是提氣輕身，其他一切交由小弟負責。」

端木菱問道：「你手拿的是甚麼東西？」

龍鷹道：「是今晚可令我們如入無人之境，仿魯妙子當年神器，由徐子陵口述，陳老謀操刀製成的飛天神遁。」

端木菱歎道：「好小子，原來早有預謀，我現在最想的是揍你一頓。」探手抓著他兩邊肩膊。

龍鷹立告魂消意軟，差點站不穩，那種肌膚相接的動人感覺，直鑽進他魂魄的至深處。

端木菱亦如若觸電，仙軀輕顫，張開檀口，發出一聲能勾魂攝魄的嬌吟。

龍鷹聽得魂遊太虛，忘掉了要幹甚麼。

端木菱深吸一口氣，回復過來，責道：「龍鷹！」

龍鷹苦笑道：「仙子請放心，當我進入魔極狀態，會一念不起，沒有任何肉慾。而仙子緊守靈明，也可視我們的親密接觸爲浮光掠影。不過我們有了第一次後，遲些另一次大家便可好好享受。哈！爽透哩！哎喲！」

端木菱以雙手狠抓他一下，痛得他直入心脾。

龍鷹怕她改變主意，忙收攝心神，倏地登上魔極之境，美妙的事發生了，仙子的一雙玉手變成了他們間的橋樑，兩個原本分開獨立的心靈融渾爲一，那是完全超乎平常經驗的奇異境界，只有他們兩心相知，亦非任何言語可以形容。

端木菱亦出乎天然地攀上劍心通明的無上層次，不著一物，又無所不著。

龍鷹低喝道：「準備！」接著朝前疾衝，端木菱提氣輕身，變得有如飄羽，沒有重量似的雙腳離地，宛如附體的飛天，隨之而去。

龍鷹覷準選定的大石，躍起落下，雙腳撐在大石邊緣處，屈曲，魔功勁爆，生出狂猛的力道，斜衝而上，騰雲駕霧般來到離地逾二十丈的高處，也是他所能達到的極限，右手發動機栝，神遁朝目標射去，準確無誤的抓著盤根老樹的橫幹。

就在龍鷹在最高點凝止的刹那，端木菱整個嬌軀沒有阻隔的伏貼龍鷹背上，和他做出最親密毫無保留的接觸。

「颼！」

龍鷹按動機栝，帶著心愛美女繼續騰升，左手上伸，抓著樹幹，借力翻上，不停留的雙腳再發勁，直上十多丈，今次沒動用遁爪，落在一塊突出崖壁尺許的尖石處。

龍鷹運氣調息，聚集魔功，道：「仙子摟著我會讓我容易點發勁。」

端木菱改為摟著他寬肩，沒有說話。

龍鷹望往星空，道：「看！今晚的夜空多麼美麗。」

端木菱「嗯」的應了一聲。

此刻的龍鷹確全無不軌歪念，反比以往任何時刻更空靈剔透，背上的動人仙軀與他同時脈動，無分彼我。

龍鷹吁出一口氣道：「我已選好了攀登的每一個落點，接著會一口氣的攀上去，直至崖頂才會停下來歇息，以恢復損耗的元氣。」

端木菱仰望壯麗的星空，神色恬靜，輕柔的道：「還有二百多丈的距離，你要量力而爲，不可因人家而逞強。」

龍鷹一聲遵命，往上勁射。

第五章 大鬧禪院

龍鷹睜開魔眼，入目的是整個壯人觀止的美麗星夜，大地在三百丈的下方擴展開去，左下方十里處的軍寨亮起點點燈火，偉大的洛陽城是遠方的小片光濛。身處的崖石離崖頂不到三丈，夜風輕拂，明臺清澈，心靈從未之有的平靜寧洽。

立在他身後的端木菱輕輕道：「恢復過來了嗎？」

龍鷹深吸一口清新的空氣，道：「完全復元。小弟轉身哩！」

端木菱一雙纖手再抓他肩膊，嗔道：「不可以！」

龍鷹往後探手，端木菱發出兩道眞氣，貫肩井穴而入，登時令他雙手軟垂，動彈不得。

苦笑道：「我只是想重溫剛才的美夢，仙子太殘忍了。」

端木菱淡然道：「你已破盡小女子的清規戒律，還不心足，是否想端木菱生氣？」

龍鷹愕然道：「眞有這樣的清規戒律？」

端木菱忍俊不住的「噗哧」嬌笑，柔聲道：「沒有！是臨時編出來嚇唬你的。但這是甚麼時地呵！我們是來辦正事的。」

龍鷹笑嘻嘻道：「差點嚇壞老子。哈！你制著小弟，動不了指頭，如何辦正事？」

端木菱道：「你答應恪守清規，釋放你又如何？」

龍鷹大樂道：「只要仙子肯答應以後任小弟親熱，守一會規矩怎會是問題？哈！你總不能這樣制著我，直至天亮。噢！」

端木菱離他而去，升上崖頂。龍鷹大罵自己愚蠢，騰躍而起，來到崖上，追在端木菱身後，直抵一片竹林處。

高崖靜悄無人，院舍連綿的深處，隱隱傳來晚禱誦經的聲音。

端木菱待龍鷹來至身旁，輕呼道：「隨我來！」隨即閃出，一溜煙的掠至一座院舍後方，不停留的騰起斜上，無聲無息地落在離地近三丈的屋簷處，伏往瓦坡，不見她如何動作，已登上屋脊。龍鷹如影附形，追到她身旁伏下，肩頭擠著她香肩。

端木菱別過頭來，束音成線，將說話送入他耳內道：「法明在禪院內興建起九座鐘樓，每座高達九丈，又派人在鐘樓上日夜放哨，簡單有效，我們得小心點。」

龍鷹見她絲毫不介意肩貼肩，心中竊喜，應道：「一切遵從仙示。感應到嗎？」

端木菱掃視遠近，道：「感應不到，但我曉得法明把智經藏在哪裡。唉！我們循原路離開吧！」

龍鷹失聲道：「入寶山豈有空手回之理？法明把它們藏在甚麼地方？」

端木菱朝他瞧來，柔聲道：「正因我感應不到，所以寒玉板不是另藏別處，就是藏於密封的銅殿內，殿前的白石廣場被二十四個火炬臺照得明如白晝，又在主鐘樓的監察下，且地近山門，是敵人防衛最嚴密的範圍，這麼去偷東西，與從山門直打進去，沒有任何分別。」

龍鷹看著她仙釀般的明眸，在暗黑裡閃閃生輝，嗅吸她的氣息體香，接觸她香肩的血肉，可是精神卻完全絕對處於魔極的層次，冷然道：「這個情況反證實了法明身不在此，故而在離寺前將寒玉板移往全寺最安全的地方，使仙子像現在般沒法因他不在而佔到便宜。這個判斷非常重要，如若法明在此，我們毫無機會。眼前則爲物歸原主千載一時之機。」

端木菱頷首表示同意，柔聲道：「法明放心離寺，正因他清楚藏板於殿萬無一失，邪帝如何可扭轉我們的劣勢呢？」

她還是首次直呼他爲邪帝，可見龍鷹的智慧贏得她的尊敬。

龍鷹從容道：「你只要給本帝一點鼓勵，本邪帝小子可立即給你構想出也是萬無一失的盜寶妙計。」

端木菱爲之氣結的道：「幾句正經話又來不正經的，終有一天小女子會給你活生生的氣死。」

龍鷹擠碰她香肩大樂道：「仙子終肯承認會和小弟長相廝守，否則何來『終有一天』的情況？嘻嘻！小弟只是想預支一個香吻，抖抖精神。」

端木菱毫不介意被他擠擠碰碰，苦惱的道：「若人家給你親了，偏你想出來的所謂奇謀妙計又是處處失著，揍你十頓仍於事無補。」

龍鷹腦際轟然劇震，從魔極的境界直掉下來，差點不相信耳朵聽到的話。端木菱眞的甘願和他親嘴？道：「事後親嘴又如何？仙子該沒有顧慮哩！」

端木菱抿嘴笑道：「不要開心得那麼早，我只是順著你的話來說，嗯！事前事後都不可以，這種事怎可以當作交易呢？」

龍鷹沒半點失望，眉開眼笑的道：「可以或不可以沒啥關係，最重要的是仙子愛和小弟打情罵俏，討論例如親嘴如此甜蜜的香豔情事。」

端木菱沒好氣道：「眞是冤孽，不知我端木菱前生欠了你甚麼？你再浪費時間，我會生你的氣。」

龍鷹收攝心神，重登魔極至境，倏忽間廣闊的禪院盡入他微妙的靈應內。然後說出武曌夜闖禪院，沒收兵器的事，道：「只要製造出一場大亂，惹得軍寨派人上來查究，仙子可拿捏時機硬闖銅殿，取寶離開，回到剛才我們差點親嘴那塊定情之石等待小弟，再緊緊擁抱往下跳，立即大功告成。哈！還有比這更精彩好玩的其他方法嗎？」

端木菱沉吟片刻，目光投往銅殿所在燈火輝煌的遠處，道：「你可以製造甚麼大亂子？若行不通，休想小女子陪你發瘋。」

光聽她天籟般的仙音，已是使人傾迷的動人感受，何況更碰觸到她的仙軀？龍鷹傲然道：「說到搗亂，沒有人比本邪帝更出色當行。仙子甚麼都不管，躲在銅殿附近等看好戲，當山門下傳來馬蹄聲，立即採取行動，記緊在大周兵抵達白石廣場前離開，然後到定情石候著……，等本小子。」

端木菱瞅他一眼，以會說話的美麗眼睛向他發出警告，又忍不住的抿嘴淺笑，道：「眞後悔和你胡纏，纏得人家過往的修行都像白練似的。小心呵！一飲一啄均有前定，千萬勿因逞強而勉強。」

龍鷹見她不計較崖石定情，喜翻了心，掏出革囊給她道：「偷雞摸狗，少不得這個。請仙子紆尊降貴，逢門啓門，見鎖開鎖，法明那混蛋理該不會將寒玉板供奉在佛壇上，任我的心愛仙子予取予攜。」

端木菱接過革囊，繫於腰帶，若無其事道：「你佔夠小女子口舌便宜了嗎？夠的話，小女子和你分頭行事。」

龍鷹樂不可支道：「完事後再佔仙子便宜，哈！好玩嗎？記住得寶後，我要先看十遍。」

端木菱再瞅他一眼，像在說到時你才曉得是怎麼一回事，龍鷹隱覺不妙時，端木菱雙手按屋脊，下一刻往斜下去的瓦坡飄移，輕盈似燕的翻下屋簷，沒入院落間的暗黑去。

淨念禪院大後方的院落忽然起火，最猛烈的是堆放雜物柴枝的倉庫，火勢迅速蔓延，火頭處處，登時惹得鐘鳴人吵，眾僧從禪院各處蜂擁過來，搶著救火。

濃煙沖天冒起，隨山風吹往未被火勢波及的殿堂院舍，整個禪院幾乎被濃煙灰燼籠罩，視野不清。

龍鷹在前院大雄寶殿的殿脊現身，長笑道：「法明何在？給老子滾上來受死！」

回頭一瞥，後院濃煙重重，空中充滿火屑灰燼的氣味，連他這個縱火者亦弄不清楚情況。

冷哼從後方傳來。

龍鷹一個翻騰往後，截著個矮壯和尚，哈哈笑道：「大師的禪杖到哪裡去了？」手腳並不閒著，趁他立足未穩，先來個迎頭痛擊，對方也是了得，連擋他三拳兩掌，卻避不過他撐出的一腳，正中氣海穴，慘哼一聲，拋飛離簷，沒有一年半載，休想復元。

兩個分從左右躍上瓦坡的和尚如狼似虎的左右欺來，不過令龍鷹顧忌的是從另一邊瓦坡朝他殺來的七、八個和尚，居中者枯槁高瘦，手持一串佛珠，被龍鷹感應到他的厲害。

「砰！」

龍鷹硬捱左方和尚一拳，以巧勁卸去對方絕大部分的氣勁，只能令他受皮肉之苦，卻借勢破掉另一邊攻來那和尚的雙拳，硬撞得他拋跌開去，重重落在簷篷邊，不知壓碎大雄寶殿頂多少塊瓦片，再滾落下一重的半廊，方掉往地上。

龍鷹閃電左移，拳頭像槍尖般無隙不窺、長江大河般往剛打了他一拳的年輕和尚攻去，年輕和尚顯然擅長某一種兵器，但絕不是拳腳功夫，擋不了三招便給龍鷹掃落瓦背。

五個和尚從殿脊騰身朝他撲下來，十掌吐勁，形成難以抗禦的強大氣牆，鋪天蓋地的壓下來。

武功最高的枯僧立在殿脊，雙目射出銳如鷹隼的凌厲異芒，狠盯龍鷹，一副隨時出手加入戰圈的姿態，沉著冷靜。

龍鷹心忖若沒有猜錯，此僧該是護寺僧之首的智愚。攻來的五僧顯然精通陣法，否則沒可能配合得這麼天衣無縫。

哈哈笑道：「失陪哩！」說時從懷裡掏出飛天神遁，暗藏手裡。

猛撐簷緣，魔勁爆發，使出彈射奇技，沖天而上，朝鄰殿瓦坡投去，心中同時感謝武曌。若非她沒收全寺兵器弓矢，現在至少有百來支勁箭從下方射上來。

這個念頭尚未完，後方「嗤嗤」破風聲響，龍鷹早有準備，神遁射出，斜斜橫過兩殿間的虛空，抓著殿旁一株老樹的橫幹，立即改變方向，險險避過佛珠穿體的死禍。心叫厲害。

雙腳落到橫幹，收回神遁，借力彈射，無驚無險的降落目標殿堂處。

枯僧御虛追來，只從他的輕身功夫，便知此僧至少是莫問常的級數，豈敢怠慢，隔空一拳轟去。

此時又有十多個和尚躍上他所處的殿頂，四面八方的殺過來。

「砰！」

枯僧凌空雙掌疾推，與他硬拚一記。

龍鷹感到對方掌勁陰寒邪異，先弱後強、粗中有細，以他的魔勁竟沒法完全阻截對方的入侵，胸口如被鐵錘敲了一下，挫退三步，血氣翻騰，心叫厲害。

智愚也好不到哪裡去，應拳全身劇震，勉強來個空翻，直墜落地。

就是這一遲疑，龍鷹陷入圍攻中。幸好一捲濃煙隨風刮至，龍鷹心呼老天爺保佑，趁敵人視野不清，呼吸困難，乘亂展開埋身搏擊的拿手好戲，以鬼魅般的身法，純憑靈應遊鬥於群敵之間，一時慘叫痛哼不絕於耳，對方左墜右跌，潰不成軍。

下一刻龍鷹脫出重圍，施展彈射，回到剛才的大雄寶殿頂，一邊調息，一邊大喝道：「智愚何在！夠膽的上來和老子單打獨鬥，直至分出生死勝負。」

一聲冷哼，震盪耳鼓。

龍鷹心中大喜，知他中計，此僧武功之高，遠在他估計之上，若給他纏著，再被眾人圍毆，肯定永遠沒法和仙子親嘴親熱，所以拚著受傷，務求重創此僧。

龍鷹閉上眼睛，純憑靈應捕捉智愚的角度位置，當日他被法明的四大弟子圍攻，武器是那道拱橋，現在的武器，是腳踏的大雄寶殿。

驀地轉身，向前仆跌，到身子與瓦坡平行，兩腳一撐，貼著瓦坡朝下方正往殿簷躍上來的智愚彈射飆刺。

以智愚的鎮定功夫和修養，也現出驚駭欲絕的神色，時間再不容許他想清楚點，倉卒下不得不以雙手封格，情況一如前天羊舌冷被蓄勢以待的龍鷹在橋底轟落河水。

「轟！」

兩拳分別命中智愚左右掌心。

智愚朝後倒飛，噴出漫空血霧，掉落一株大樹枝葉濃密處，「劈啪」之聲燒炮竹般響起，也不知撞斷多少橫枝直幹。目睹者均知他一時間再沒法追截龍鷹。

龍鷹亦被反震力衝得返回殿脊處，灰燼漫空裡，六、七個和尚躍上瓦坡邊緣。龍鷹順手發射神遁，命中其中一人面門，那人慘叫一聲，往後翻跌，駭得其他和尚往兩旁散開，改由兩翼搶上殿脊。

龍鷹收回飛天神遁，沿殿脊疾走，到脊端處施展彈射，橫渡近二十丈的空間，落到一株樹的橫幹，表演似的來個側翻，沒入鄰樹枝密葉茂的深處。

自己知自己事，表面看來他佔盡上風，敵人沒法截著他，但跳躍騰挪，連番激戰，又不住受創，魔元固是損耗極巨，所負傷勢亦令他不敢再放手拚搏，只好利用與寺廟像雙生兄弟的園林，引得敵人左奔右逐，儘量製造敵人的恐慌和混亂。

驀地大批和尚從前院的方向撤過來，山門處隱隱傳來叱喝之聲和整齊的足音。龍鷹心中叫好，改往濃煙湧來的方向潛蹤匿跡的摸過去，後院處處亂得像末日來臨，以百計的和尚取水救火。此時他已接近油盡燈枯，穿林而出，來到煙屑瀰漫後院外的高崖，往下躍去。

美麗的仙子正等待他，龍鷹降落她旁，立足不穩，一個踉蹌，眼看仰後墜跌，端木菱閃電探手，抱著他的腰，硬把他抱回來，龍鷹天旋地轉，撲伏仙軀，自然而然把仙子摟個結實。

就在這塊龍鷹擅改之爲定情石，僅容兩人立足的窄小空間，龍鷹和仙子進行了第一次擁抱。

端木菱愛憐的道：「快調氣運息，不要說話，不要胡思亂想。」

龍鷹頷枕香肩，感覺她動人的仙體，大口喘氣，調息近一盞熱茶的工夫後，道：「完成使命。咦！寒玉板在哪裡？」

端木菱知他摸到背上布袋空空如也，淡淡道：「仍在銅殿的大鐵盒內。」

龍鷹仰後細審她美得不可方物的仙容，皺眉道：「原來法明那奸鬼把寒玉板藏在大鐵盒內，仙子沒法打開盒子嗎？」

端木菱一雙仙眸亮閃閃的，溫柔的道：「稟上邪帝大哥，小女子成功打開了。」

龍鷹不解道：「那爲甚麼寒玉板不在布囊內？」

端木菱嫣然一笑，道：「小女子頑皮嘛！忍不住手連續幾掌將它們碎成石粉，由有到無，一了百了。」

龍鷹張大口，說不出半句話來。

端木菱道：「快天亮哩！是下山的時候。上山由你負責，下山該是小女子的責任。」

龍鷹回過神來，雙手用力，摟得她差點蠻腰折斷，嬌軀毫無保留的緊貼他，偏是仍可保持仙姿妙態，玉容如不波止水。

龍鷹狠狠道：「手抄本在你那裡，對嗎？」

端木菱漫不經意的道：「大概是那樣吧！」

龍鷹道：「你曉得老子摟著你嗎？」

端木菱微一聳肩，道：「當然曉得！」

龍鷹道：「你也在抱著我。」

端木菱道：「確是如此。」

龍鷹正要往她香唇吻去，看她是否仍能保持仙態，端木菱雙腳一蹬，帶著他往下急墜。

龍鷹大吃一驚，忙射出神遁，找尋下一個落足點，痛失親仙嘴的天賜良機。

第六章　舉城皆知

抵達實地前，美麗的仙子使個身法，從他懷抱脫身，然後一溜煙的朝洛陽的方向掠去，秀髮飄揚，衣袂拂舞。在星夜的襯托下，她優美長挑的身形仙姿畢露，追在她身後，宛如追逐最深最甜夢境裡可望不可即的仙人，既像完全屬於你，又像是獨立於外。

來到一道小河前，仙子悠然俏立，自有一股不容侵犯冒瀆的驕傲仙態。

龍鷹乖乖的來到她身旁，一臉無奈。

端木菱朝他瞧來，輕柔的呼喚道：「龍鷹！龍鷹！你仍在生小女子的氣嗎？」

龍鷹吁出一口氣，歎道：「這是甚麼娘的仙法，明明是纏綿親熱的動人光景，卻不肯開放仙軀，讓老子只能得到你的軀殼。你根本不理會老子的感受。」

端木菱道：「當然不是這樣子，人家怎會不在意你的感受？只因時和地均不宜，更怕一發不可收拾，對你對我都是有害無益。」

龍鷹一呆，往她瞧去，端木菱避開他的眼光，螓首輕垂，雖仍是冰肌玉骨的仙樣，但雪白的秀項卻隱隱透出微僅可察的紅霞，令人動魄搖神。

龍鷹艱難的道：「你真的在意我？」

端木菱微一點首。

龍鷹回復生龍活虎，哈哈笑道：「仙言既出，收不回來。快乖乖的告訴我，你已對老子情根深種，無法自拔，只因時機或某種原因，暫時未能和小弟合體交歡，終有一天仙子會心甘情願向我獻上仙軀。」

端木菱聽得仙目上翻，嘴角卻逸出笑意，忽然瞅他一眼，美眸深邃澄澈，內藏無限勝景，龍鷹與她目光一觸，登時魔性大減，感到自己有點逼她太甚。

仙子倏地主動靠過來，香肩輕碰他一下，柔聲道：「快天亮哩！你不用回上陽宮辦事嗎？」

龍鷹歎道：「明白哩！暫時不碰你，但至少你該有點表示，否則我眞會生你的氣。」

端木菱忍不住的嬌笑起來，模樣可愛，道：「現在輪到你用生氣來威脅我，不過的確有效，小女子怎敢教鷹爺生氣？你要我如何表示，例如呢？」

龍鷹挨過去，緊擠她香肩，惡兮兮的道：「立即交出《無上智經》的手抄本，老子看一千遍後還你。」

端木菱橫他一眼，含笑道：「手抄本已被上智觀的護法長老攜之遠去，覓地收藏，鷹爺的要求，是強小女子所難。」

龍鷹從她的仙法回復過來，笑嘻嘻道：「沒關係，仙子親口將《無上智經》唸一遍給小弟聽便成。」

端木菱玉白無瑕的臉頰立告飛起兩朵紅暈，嬌羞的嗔道：「鷹爺呵！放過小女子成嗎？」

龍鷹道：「仙子羞人答答的模樣最好看。不成！小弟永不會放過你，你是注定要嫁給我的，軟的不成便硬來。哈！仙子何時唸智經給小弟聽？」

端木菱軟語相求道：「讓人家想想行嗎？」

龍鷹心暢神舒，原來欺壓仙子竟可帶來這麼大的樂趣，最動人的是擺明要弄她上手，凜然不可侵犯的仙子毫無不悅之色，還似滿心歡喜的模樣。忙道：「想多久！」

端木菱不知想到甚麼，俏臉更紅了。道：「回洛陽後，人家閉關十天，一切待出關後再說。」

龍鷹皺眉道：「十天太長了，老子頂多得三天的耐性。」

端木菱仰望天色，道：「怕了你！小女子就閉關三天，邪帝該滿意呵。」

龍鷹大暈其浪，仙子竟肯聽自己的話，人生還有比這更愜意的事嗎？道：「現在若小弟來個摟抱親熱，包保仙子開放仙軀來便宜我。」

端木菱大吃一驚，叫道：「不可以呵！」接著騰身而起，投往對岸。

龍鷹恨得牙癢癢的，狂追而去。

兩人於城門開啓時入城，龍鷹送端木菱回庵堂，在庵門前道：「仙子的破魔法是否從智經領悟出來的？」

端木菱道：「確是如此。」然後送他一個清甜的笑容，柔聲道：「且是悔不當初，反過來被你送了兩注壞死了的魔氣來人家處。」

龍鷹不解道：「憑仙子精純入微的仙功，縱然一時措手不及，但過後要排之於外該是舉手之勞。」

端木菱深深瞧著他道：「小女子不敢嘛！邪帝贈我之禮，怎可不珍而惜之，好好收藏研究？」

龍鷹搔頭道：「仙子明明對小弟大有情意，爲何卻不願與小弟溫存親熱？」

端木菱責道：「你再調戲人家，我來個閉關七七四十九日，拒你於門外。」

龍鷹陪笑道：「仙子臉嫩，小弟是明白的。既然你可從智經領悟破老子之法，因何又指法明沒法從智經找到對付小弟的竅訣？」

端木菱道：「劍典或智經，要看明白是有特別的竅門。像智經的兩方寒玉板，要比對著來讀，絕非上文可接下理，而是依『甲己子午九，乙庚丑未八』的歌訣，這一句在這塊板上，另一句可跳到另一板的某句去，故若依循一般方法去讀，會似明非明，似通非通，動輒走火入魔。你道法明可看出甚麼來呢？給你看手抄本是害了你，但怎想到你這小子會逼人家說出來，太霸道哩！」

龍鷹嘻皮笑臉道：「甚麼都好，此事沒得商量，我會端張舒服的椅子坐在門口等你出關。一是盡道智經之秘。一是……哈！」

端木菱沒好氣道：「終有一天被你逼死。」

旋又喜孜孜道：「出關後，人家弄幾道精緻的齋菜孝敬龍先生如何？」

龍鷹大喜道：「還未見過端木姑娘吃東西的美態，就此約定，到時不要推三推四的。」

端木菱往後退開，揮手道別。

龍鷹將嘴嘟長，做出個吻她的姿態。端木菱狠狠白他一眼，沒入庵堂內。

龍鷹彈起數尺，舒展四肢，怪叫一聲，落回地上，轉身便去。此時到御書房嫌早，返甘湯院則不夠時間和三女溫存，不如到閔玄清處打個轉，完成探看七美的未竟之責。下了決定，腳步增速，朝如是園舉步而去。

「噹！噹！噹！」以門環扣了三下，「咿唉」聲起，大銅門被拉開半邊，一個眉清目秀，腰佩長劍的年輕道人現身門內，詢問的目光投向他。

龍鷹心中驚訝，想不到隨便來個把門者，竟然是個高手，且是男的。施禮道：「小子龍鷹，求見閔大家。」

道人露出崇慕神色，把門再拉開些兒，道：「原來是名震神都的鷹爺，請隨小道來。」關上門後，道人領龍鷹到閔玄清的院落，指著繞湖的遊廊道：「鷹爺沿此廊走，可見到天女，她每天都在臨湖亭做功課。」

龍鷹依言舉步，拐一個彎後，見到閔玄清一身純白色絲質道袍，盤膝坐在亭子的石桌上，垂簾內守，道相莊嚴，超然物外。來到她左側坐下，瞧著她的秀髮自由放任披垂兩肩，黑髮冰膚，又是另一種風情。

圓桌上放著一雙晶瑩的玉鐲，不見絲毫瑕疵，當是她從腕上脫下來的。

閔玄清睜開黑白分明的秀目，烏溜溜、靈閃閃，往他望來，含笑道：「昨夜鷹爺定是一夜沒睡，晨早城門開時回來，故此順道來探望你的七位美人兒。」

龍鷹大訝道：「閔大家怎可能猜得這麼準？」

閔玄清欣悅的道：「因爲不難猜，昨晚寅時頭淨念禪院忽然起火，火舌黑煙捲上高空，舉城皆見。其他人或許會以爲是不愼失火，我卻曉得因法明開罪了鷹爺，故遭搗亂報復。以後看法明還敢不敢隨便惹怒鷹爺？」

龍鷹道：「大致猜得對，只差一點點，就是小弟爲助靜齋的端木姑娘取回被法明盜去之物，所以暫做一會放火狂徒，罪過罪過！」

閔玄清美眸亮起來，道：「何罪之有？且是莫大功德。法明從上智觀強奪道門至寶《無上智經》，惹起我們極大憤慨，只是奈何不了他。」

龍鷹苦笑道：「可惜《無上智經》已被端木姑娘裂爲碎粉，希望你們不生她的氣。」

閔玄清正容道：「怎會惱她？端木小姐是有大智慧的人，借此手段向法明發出『寧爲玉碎，不作瓦存』的嚴厲警告，正式向法明所代表的勢力下戰書。法明是江湖的禍亂之源，先弄得佛門支離破碎，現在又聯絡道門敗類向我道門開刀。鷹爺兩次仗義出手，玄清謹代表道門向鷹爺表達感激。」

龍鷹不解道：「這麼毀了兩塊古董級的寒玉板，閔大家不覺可惜？」

閔玄清從容道：「鷹爺可知敝園『如是』兩字的來處？」

龍鷹從沒有對此兩字作深思，只感到有點玄味，問道：「究竟從何而來？」

閔玄清淡淡道：「不外如是！」

龍鷹唸道：「不外如是。哈！小弟明白了，有或無、失或得，都不外如是。正如端木姑娘說的，一了百了，再不用你爭我奪，對法明則是當頭棒喝，果然是暗藏禪機的手段。哈！閔大家認識端木小姐嗎？」

閔玄清點頭道：「有一面之緣，談了個把時辰，她很關心道門現在的情況。一併告訴你，玄清曾三次拜訪上智觀，蒙丹清子讓玄清遍閱《無上智經》，得益良深。」

龍鷹大喜道：「閔大家懂得閱經甚麼『甲己子午九』的竅訣嗎？」

閔玄清抿嘴笑道：「當然曉得，否則早走火入魔，怎能坐在這裡說話？」

龍鷹本想旁敲側擊問幾句有關智經的內容，然而回心一想，當然由端木菱的仙口告訴自己有趣多了，把差點說出口的話吞回肚子。道：「道門現在出了甚麼問題？」

閔玄清大有深意的道：「縱然鷹爺不問，玄清也會告訴你。可是鷹爺今天不用到御書房去嗎？」

龍鷹呆瞧她片刻，道：「閔大家對小弟的事倒很清楚。」

閔玄清道：「玄清一直在注意你，整個道門都在注意你。現在天下奸邪，唯法明馬首是瞻，而他的『不碎金剛』，便如以前『邪王』石之軒的不死印法，天下無人能制。而你卻可能是他唯一的剋星。唔！失約的事，鷹爺尚未賠玄清。敢問鷹爺有打算過賠償玄清嗎？」

龍鷹知道不妙，苦笑道：「小弟可以賠甚麼給你？」

閔玄清嬌憨的道：「將你和法明與四大弟子交手的經過，一點不漏的說給玄清聽，不准有任何隱瞞。」

龍鷹愈來愈感到眼前千嬌百媚的風流女冠不簡單，柔軟道袍覆蓋的動人曲線扣動的是他道心深處的魔弦，歎道：「閔大家有命，小弟怎敢不從？」

不知是否剛和端木菱度過一個動人的晚上，對調戲她總有力不從心的感覺。否則就該列出吐露詳情的條件，例如同床來個枕邊私語諸如此類。

閔玄清拿起桌面那雙玉鐲，遞給龍鷹，龍鷹呆頭呆腦的接過，見美人兒捋起兩邊香袖，將嬌嫩如玉質的一雙手腕伸出來，方如夢初醒，一手執柔荑，另一手逐一爲她套上玉鐲，肌膚相觸的動人感覺，令他感到窩心的溫馨和綿綿的情意。

一切盡在不言中。

閔玄清盈盈俏立，巧笑倩兮的道：「離開前，先去向你的七美打個招呼如何？」

龍鷹與她並肩往院落漫步，湖風輕輕吹來，閔玄清秀髮微拂，嬌體散發著浴後的香味，龍鷹心忖嗅一世都不會厭倦。道：「她們怎樣哩！」

閔玄清止步道：「我在教她們觀人於微的方法，所謂見微知著，只要用心去看，特別在日常生活中，從微細處可看出一個人的性情，百應不爽。例如同桌進膳，由一個人的食相可看出很多東西來。這是爲她們擇婿做準備。」

龍鷹大感興趣道：「原來觀人竟是一門學問。對我來說，純憑直覺，像閔大家般，吸引我便是吸引我，不會用心去思索究竟是甚麼吸引自己呢？例如閔大家修長的美腿，掀起道袍的下襬會是怎樣的一番光景。哈！」

閔玄清笑罵道：「男人個個這般德性，見色起心，得到手才去想後果。我們女兒家可不敢這樣，一失足成千古憾。不但看外表，還要透視對方的內在，看誰可託付終身。」

龍鷹讚道：「難怪風公子第一個想到的人是閔大家。哈！想得好！」

閔玄清道：「還有很多竅法，難以一一盡述。今晚這裡舉行園遊夜宴，鷹爺怎都要抽空來參加，且不准打個轉後離開，否則你的七美絕不放過你。」

龍鷹道：「大家呢？」

閔玄清道：「不論你來還是不來，玄清都和你沒完沒了。」說罷甜甜一笑，瞥他柔情似水的一眼。

龍鷹大暈其浪，飄飄然不知身在何處。

閔玄清道：「來吧！」

龍鷹追在她身後，進入閔玄清的私家庭院。

返回上陽宮，先找到令羽，道：「透過司禮監，給小弟在董家酒樓訂個最佳景觀的廂房。」

令羽陪他往御書房走去，道：「何用司禮監？只要知道是我們的鷹爺訂廂房，保證老董不敢推託。」

龍鷹喜道：「小弟現在這麼有面子？」

令羽誇張的道：「現在神都誰人不識鷹爺？哪個敢不給你面子？」

又問道：「鷹爺要招呼甚麼人？一桌還是兩桌？」

龍鷹道：「兩桌吧！你們作陪客，陪的是人雅她們。我離開這麼久，當然要讓她們開開心心的。」

令羽道：「明白！小將會辦得妥妥當當。還要通知陸大哥一聲，以策萬全。」

壓低聲音道：「昨晚淨念禪院失火，聖上曾派人到甘湯院找你。嘿！鷹爺明白哩！」

龍鷹心忖紙包不住火，大鬧禪院的事弄得天下皆知，以武曌的精明，想不一五一十道出來龍去脈、細節詳情，會把剛和她修好的關係弄砸。大感頭痛。

令羽擔心的道：「眞是你幹的？」

龍鷹苦笑道：「不是小弟尚有何人？」

最不願說出來的，是法明受傷一事。不過在現今的情況下，顧不了這麼多。武曌要宰法明，他有何辦法？

終抵御書房門外。

榮公公迎上來道：「聖上在書房裡。」

龍鷹暗嘆一口氣，分別拍拍兩人肩頭，硬著頭皮到御書房見大周皇朝的女帝。

第七章　天威難測

龍鷹從屏風轉出去，立知不妙，正伏案工作的武曌，停止批閱，一雙鳳目射出前所未見、如有實質的厲芒，目不轉睛的瞪他，龍鷹只好頭皮發麻的向她致禮請安。

武曌動了，倏忽間離開龍桌，近三丈的距離似被她一步跨越，龍冠龍袍的女皇帝宛從躺了數千年的陵墓中復活過來，對入侵者做出反應，一掌往他胸口按來。

龍鷹攤開兩手，冷然以對。任他想像力如何豐富，仍沒想過武曌會動粗。

武曌從龍袖探出的皙白滑嫩、纖長優美的手寒如冰雪，積蓄著非任何人力能抗拒的龐大力量，這雙手如若全力施爲，肯定龍鷹會撞得身後的屏風化爲碎屑，破門而去，說不定會倒拋至御書房的門樓上。

威淩天下的女帝另一手負後，臉現訝色，鳳眸厲芒斂收，道：「爲何你完全不提聚魔勁？」

龍鷹低頭瞥一眼她的龍手，苦笑道：「難道小民砰砰嘭嘭的和聖上來個大打出手？給人聽到不是太好吧！」

武曌冷冷道：「你不怕朕殺了你？」

龍鷹回復從容，仍保持攤手的姿態，淡淡道：「若殺小民可讓聖上消氣，聖上下手好了。」

武曌容色轉緩，幽幽歎一口氣，收回龍手，轉身背著他踱步走開，快抵龍桌，止步立定。道：「種魔大法，果然有別於凡塵任何武技，朕在你體內找不到半絲眞氣，卻感覺到你強大的元神。如果朕吐出掌勁，你大概會在體內反擊，硬捱朕此一掌。朕有說錯嗎？」

龍鷹道：「聖上此掌，恐怕魔種都捱不住。」

武曌旋風般轉過身來，大怒道：「還要騙朕！龍鷹你愈來愈放肆，我行我素，視朕如無物。」

龍鷹從未見過她生這麼大的氣，柔聲道：「聖上息怒。唉！聖上好像忘了小民是甚麼東西，魔性發作時當然無法無天，但在大方向上卻比任何人更效忠於聖上。小民不相信聖上對小民沒有這個理解。」

從武曌與法明那晚的眞情對話，他曉得任何解釋都被她視爲廢話，反坦然承認，再來一口蜜糖，反可收奇效。

果然武曌現出個哭笑不得的怪異表情，苦惱道：「眞拿你沒法。淨念禪院乃佛門最高的象徵，每年只有幾個大節日，開放予民眾拜佛上香，那時千千萬萬的人會不惜千里而來，只爲在禪院點一炷香。如此佛門聖地，怎容冒犯？如果可以的話，那晚朕早將禪院夷爲平地。」

龍鷹明白過來，武曌之所以能登上則天門樓稱帝，不論在佛說上和實質上，均大大得力於佛門的支持，且深入人心。故雖心恨法明，仍不得不克制，以免動搖她稱帝的根基。試想若她將佛門的象徵變爲碎瓦殘片，民眾會怎麼想？這確是說不出來的苦衷。

龍鷹道：「聖上放心，小民燒的只是禪院的後院，沒有波及殿堂。嘿！小民已很小心。」

武曌又往他走過來，直抵他身前半步處，雙方氣息可聞，沒好氣道：「虧你說得出口，更是毫無悔意，朕眞想打你一掌看看你的狼狽樣子。整個神都，由老至幼，人人看著禪院火勢沖天，你打擊的不是法明那畜生，而是朕的威信。」

龍鷹哄孩子般道：「聖上只要下一道公告，最好找上官大家起草，借她的文采風流，指出佛祖顯靈，大火燒至佛殿，竟忽然自動熄滅，且不傷一人，包保凶變爲吉，以後節日到禪院上香的人，會把禪院擠爆。哈！」

武曌白他一眼，道：「滾回你的桌子去。」

龍鷹喜出望外，返回己桌，尚未坐穩，武曌的聲音傳入耳內道：「法明滾到哪裡去了？」

龍鷹恭敬答道：「他因要照料受傷弟子，大有可能仍留在神都。」想到待會要帶三女到董家酒樓，忙拿起毛筆，開始工作。

武曌移到他桌前，俯首瞧他，眉頭淺皺，道：「你又有甚麼事瞞朕？」語氣出奇的溫柔。

龍鷹仰首迎上她的目光，現出個燦爛的笑容，道：「大混蛋率領四個小混蛋，在如是園附近伏擊小民，被我重創其中一個小混蛋，輕創兩個小混蛋。法明該仍未從丹清子那一掌復元過來，與小民過兩招後便退往一旁，到小民借水遁時，想親自出手已遲了。小民遂覷準他未返禪院，偕端木菱到禪院偷東西，小民負責引開最厲害的大和尚，端木菱則負責硬闖銅殿，來一個寧為玉碎，不作瓦存。哈！小民怎敢瞞聖上，只是前晚噩耗傳來，忙著和聖上說其他事，一時忽略了。聖上大人有大量，原諒小民的無心之失。」

武曌忍不住的露出笑意，道：「這算是邪帝式的道歉！唉！朕怎捨得殺你？你現在和那丫頭的發展如何？」

龍鷹暗鬆一口氣，悠然自若道：「小民很想碰她，她似是拒絕，又不真的拒絕，小民弄不清楚和她的關係，恐怕她也是一場糊塗。」

武曌苦忍著笑，點頭道：「說得兜兜轉轉的，令人難受，那就是欲拒還迎，小丫頭春心動哩！」

龍鷹頹然道：「拒是不在話下，但尚未迎過。小民因不敢隱瞞，故儘量形容確切些兒。」

武曌終忍不住「噗哧」一聲笑出來，氣結了的道：「可以想像端木菱那妮子給你纏得多麼慘。朕還有話和你說，你黃昏前找個時間到貞觀殿見朕。」

說畢離開御書房。

龍鷹伏到桌上去，心忖總算撿回小命，又想起一夜未睡，該否先去好好睡一覺？

董家酒樓。

在令羽的安排下，曾至芳華閣的原班人馬全體出席，包括小馬在內。在軍醫的悉心料理下，加上喜聞戈宇黯然離京，三天工夫他的傷勢竟大有起色，怎都要來湊熱鬧，當然不准他喝酒。

他們把兩張圓桌合併連環，加上人雅三女，十多人鬧烘烘的濟濟一堂，氣氛高漲。

人雅她們還是首次和這麼多雄糾糾的男兒漢同桌吃喝，兼之酒樓提供的菜式口味大異宮廷，興奮開心得三張俏臉紅撲撲的，小馬等可以親近絕色，更不時說笑逗她們，光是人雅嬌稚漫無機心的笑聲，就迷得他們人人暈其大浪，說話的不知在說話，吃東西的不知在吃東西。

龍鷹故意坐在三女對面，後面窗外是洛河區的美景，入目的是三女迷死人的嬌姿美態，心中充盈夫妻間刻骨銘心之愛和兄弟間肝膽相照的情義。

不知說到哪裡，小馬忽然道：「不知我們的令統領，何時迎娶我們的舉舉美人兒呢？」

龍鷹回神都後，一直沒有機會詢問眾人與芳華閣諸美發展的情況，聞言大喜道：「統領畢竟是統領，在這方面的本領顯出王者風範。」

他可不是故意誇獎他，而是像舉舉此等美女，藝高人美，多少王侯大公競逐裙下，令羽以區區一個御衛統領，能獨佔花魁，是很不簡單的一件事。

麗麗等連忙追問，小馬說清楚前因後果，氣氛更熱烈。

令羽老臉脹紅，不過由於他皮膚黝黑，並不顯眼，道：「諸位放我一馬，談婚論嫁，仍是言之尚早。」

御衛小曾哂道：「甚麼言之尚早，早上到城外郊遊，黃昏又去遊夜市。」

小馬嘿嘿笑道：「統領大人勿以爲紙可以包得住火，大人休勤三天，舉舉也三天不返芳華閣的陪大人你，只是念在大人一向關照我，罵也罵得有節制，才爲你隱瞞。」

眾人登時起鬨，人雅等推波助瀾，人人一副唯恐天下不亂的模樣。

小馬壓低聲音道：「統領大人究竟嘗過舉舉的胭脂沒有？」

眾人慣了小馬的粗野，不以爲異，三女是首次聽到龍鷹外的男子如此肆無忌憚的說男女間事，羞紅俏臉，又豎起耳朵，怕聽漏了答案。看得龍鷹心迷神醉。

廂房首次靜下來。

令羽頹然道：「我不敢！」

房內爆起震天笑聲，問得直接，答得坦白，人雅三女笑得花枝亂顫。

眾衛裡最斯文英俊的小徐忍不住調侃令羽道：「頭兒勿要告訴我們，連舉舉的小手也尚未碰過。」

眾人笑得更厲害，人雅等連淚水亦嗆出來。

龍鷹似是爲令羽主持公道的道：「你們好像忘了他是頭兒，可以公報私仇，有些東西預支了會影響未來的樂趣，將來洞房時才更有勁兒。哈！」

眾衛和三女全笑得前仰後合，起初還以爲龍鷹說話挺令羽，到最後一句露出尾巴，竟是和小馬蛇鼠一窩。

人雅嬌喘氣絕的道：「笑死人家哩！」

龍鷹抓著令羽肩頭，忍笑道：「告訴我，統領大人有沒有非舉舉不娶的決心？」

令羽毫不猶豫的點頭。

龍鷹道：「這就易辦，待我去找聶芳華，由她撮合你們。」

眾人鼓掌喝彩，三女叫得最厲害。

小馬抹著淚水，另一手撫肋骨，苦樂難分的笑道：「我不但差點笑死，還差點痛死。」

秀清狠狠道：「你叫自作孽，不懂感恩圖報，還要洩露令統領的秘密。」

小馬笑嘻嘻道：「小人知罪。少夫人這麼維護統領大人，何不透露少許鷹爺的手段予大人參考？那肯定大人可提早洞房。」

秀清大嗔，人雅和麗麗幫腔指責，鬧得日月無光，人人開懷大笑。

小馬忽又扮正經，向龍鷹道：「言歸正傳，鷹爺爲大人向聶大家提親時，提醒她幾句，說若她再不親自坐鎮芳華閣，聲望早晚被飄香樓蓋過。」

龍鷹心中一動，想起風過庭回神都後不住到飄香樓去，那晚張易之的目的地又是飄香樓，忙問其故。

眾人中小馬最清楚青樓的行情，擺出專家款兒道：「原因在琴棋書畫無一不精、紅透西京的花秀美到飄香樓來了，人人都說她是聶大家的接班人，聲色藝不在聶大家之下，現在不論男女，誰不想得睹她的絕世芳容？」

換過初抵神都時的龍鷹，肯定千方百計但求見她一面，可是現在周旋於小魔女、端木菱和閔玄清三女間，分身乏術，怎還有這種逸致閒情？聽過便算。又見時候差不多，結帳下樓，陪三女去逛南市，讓三女瘋狂購物，滿載而歸的返甘湯院去。

安頓三女後，匆匆出門，到貞觀殿去見武曌。

抵達貞觀殿，武曌在主殿不知接見甚麼人，上官婉兒知武曌心意，領他到後宮的內堂等候。進入園林後，道：「龍大哥好關照，要婉兒生安白造的爲你掩飾，聖上修改三次才滿意。」

龍鷹好一陣子後終會意，笑道：「要小弟怎樣賠償上官大家？小弟哄上官大家開心好嗎？」

上官婉兒領他進入內堂，遣退兩個來伺候他們的俏宮娥，並排坐下道：「大後天四月十五，梁王將在他的府第大排筵席，今天龍大哥會收到請帖。梁王特別吩咐下來，龍大哥務必賞面出席。」

龍鷹心叫厲害，胖公公說得對，上官婉兒絕不簡單，先向自己邀功，再提出請求，教自己欲拒無從，這就是暗藏機心。閔玄清的觀人於微，便是如此。道：「梁王府在宮內何處？」

上官婉兒道：「正式的梁王府在宮外，只因聖上恩寵，梁王和魏王可以在宮內有自家的居所。朝廷的王侯將相大部分集中在皇城東的漕渠、承福和玉雞三坊。梁王府在承福坊，南臨洛河，人家的居所，和梁王府隔了一條街。」

龍鷹笑道：「上官大家何時邀請小弟到家去？」

上官婉兒橫他一眼道：「龍大哥有空嗎？」

龍鷹湊近她道：「本來沒有空。哈！小弟有個更好的主意，我們何不到麗綺閣幽會？肯定是個畢生難忘的晚上。」

上官婉兒霞燒玉頰，喜嗔難分的瞪他一眼，垂下螓首嬌羞的道：「龍大哥呵！教婉兒怎樣答你呢？給聖上曉得更不得了，她不准婉兒有任何事瞞她的。」

龍鷹苦笑道：「上官大家嚇得小弟綺念全消。」又嘻嘻笑道：「若只是摟摟抱抱，親親嘴兒，該不用上報吧！」

上官婉兒「噗哧」笑道：「如果龍大哥一雙手肯守規矩，婉兒可以認眞考慮。」

龍鷹大樂道：「小弟讓上官大家有半盞熱茶的工夫去考慮。哈！」

上官婉兒不依道：「龍大哥呵！這是甚麼地方呵！不要胡鬧好嗎？」

龍鷹笑道：「胡鬧有胡鬧的情趣，否則如何解悶兒？哈！照我看，聖上該不會反對上官大家和我好，否則不會常用你來脅迫小弟。」

上官婉兒抿嘴輕笑，道：「龍大哥可親自向聖上提出要和人家好，看聖上肯否答應。」

龍鷹自問沒有這個膽量，特別是想到武曌今早大發龍威的情景，歎道：「考慮好了嗎？」

上官婉兒赧然道：「梁王府晚宴時會將考慮的結果，稟上龍大哥。」

龍鷹打個哈欠，伸懶腰道：「累了一晚，又不知須等多久，最好有個地方可小睡片刻。」

上官婉兒亭亭起立，道：「隨婉兒來！」

龍鷹隨她穿出內堂後門，立即精神大振，首先入目的是個大水池，一道九曲長廊臨水而築，逶迤起伏，湖石從池中冒起，偃仰有姿。亭臺樓閣，小橋流水，開揚廣闊，別有洞天，誰想得到後宮竟有如此美景？難怪可當武曌在宮城內的主寢宮。

上官婉兒領他繞過主庭院，來到一座全木結構的三層樓閣前，二層和三層均有走馬廊，高聳挺秀，樸而不華，充滿書卷味。

伊人柔聲道：「這是婉兒在宮內的居所，龍大哥肯在這裡稍作休息，令寒舍蓬蓽生輝，是婉兒的榮幸。」

龍鷹見入門處左右各掛一匾，分別寫著「退閒小築」和「鑰鎖煙雲」，道：「很有意思，是不是大家想出來的？書法更好！」

上官婉兒道：「大哥見笑哩！」

步入廳堂，軒昂高敞，樑架門窗雕刻精美，家具古色古香。

正中懸掛橫匾，上書「萬象無聲觀自在」，當然又是出自才女的手和心。

龍鷹觀其居知其人，不由對她觀感大改。道：「我要睡上官大家那張閨床。」

此時兩個俏婢匆匆出來迎客，剛聽到龍鷹這句大膽無禮的話，嚇得退回去。

上官婉兒苦笑道：「大哥愛睡哪裡就哪裡，婉兒怎鬥得過你？」

又喜孜孜的道：「大哥放心休息，聖上可以抽身時，人家先一步來喚醒你。」

第八章　僧王戰書

龍鷹自然醒覺，上官婉兒正登樓而來，事實上她的腳步沒有發出任何聲音，但他偏捕捉到這種「無音之音」，至乎能在腦海內勾畫出大才女一雙纖足肌肉運動的妙況，從而判斷她武功的深淺。這是未曾有過的感覺，可知自己的魔功又有精進。

自青城山一戰後，他不住在第九重和第十重魔種功法中上上落落，而每當他置身於第十重的魔極，總能化險爲夷，死裡逃生。

美麗的才女輕盈的來到床前，坐到床沿處，舉起玉手輕輕拍往他肩膀。

龍鷹一手拿住，上官婉兒嬌呼一聲，柔荑落入龍鷹的魔掌裡，龍鷹借腰力坐起來，順勢吻她的掌心。

上官婉兒嬌軀輕顫，嬌吟一聲，龍鷹已緊貼她坐在床緣，令她無從拒絕。

大才女秀眉輕蹙，淺嗔道：「龍大哥呵！」

龍鷹心中大奇，以自己一貫的作風，該順手將她拉到床上，至少和她親熱一番，得到她的香吻，怎會只是隔靴搔癢的吻她的手？

今早對著閔玄清時也是如此，閒聊幾句、飽餐秀色已心滿意足，完全不像以前般肆意調戲。自己的魔性究竟到了哪裡去？想到這裡，心頭劇震，清楚明白中了端木菱的「仙招」。

上官婉兒訝道：「大哥仍未睡夠嗎？」

龍鷹朝她瞧去，見她一雙美目深深凝注自己，道：「我睡了多久？」

上官婉兒道：「足有一個時辰。」

龍鷹受她美色誘惑，擠緊她，俯頭到她玉項處親一口，大力嗅幾下，陶醉的道：「上官大家眞香。」

上官婉兒劇烈顫抖，嗔怪道：「龍大哥不可以無禮呀！」

龍鷹哈哈一笑，坐直身體，道：「要我守禮，是違反我的天性。唉！現在是否要去見聖上？」

上官婉兒不論俏臉香項，均被胭脂般的紅色佔領征服，顫聲道：「聖上仍在主持內廷會議。」

龍鷹心中奇怪，上官婉兒絕非未經人道的閨女，爲何這般抵受不住侵犯，反應如此強烈？道：「我現在該怎麼辦？」

上官婉兒努力使自己平復過來，卻溫馴得沒有將嬌軀挪離這個對她無禮的男子，柔聲道：「換了別人，婉兒會著他靜心等候。但你是你嘛！愛走便走吧！聖上問起龍大哥時，婉兒可說你因不耐煩溜了。嘻嘻！」

龍鷹見她神情嬌憨可愛，忘掉胖公公的警告，湊過去香她嫩白的玉頰一口，大才女嬌羞垂首，卻沒有絲毫嗔怪之色。

龍鷹心忖若現在半強迫的和她歡好，包保美麗女官欲拒還迎，成其好事，但又感到目前兩人間的關係自有種曖曖昧昧的情趣。這種想法並不像以前的他，可知端木菱「潛移默化」的仙家手段。唉！還以為自己佔盡仙子上風，給她算倒了仍自以為是，沾沾自喜。仙子知我，而我不知仙子，關鍵處仍在《無上智經》。

色慾雖斂，幸好色心猶在，不願這麼離開正貼體溫存的美人兒，問道：「究竟討論何事，需這麼長的時間？」

上官婉兒瞅他無限溫馨的一眼，輕輕道：「主要是討論稅制的問題、一道新法令和劍南道節度使的新人選。」

又道：「黑齒常之大將的死訊仍按著不發佈，要待挑好人選才會一併公開。唉！國老、魏王、梁王、鄴國公、恒國公等各有心中的人選，只在此項的討論上，已費時費事。」

龍鷹大訝道：「張氏兄弟竟可以參加內廷的會議？」

上官婉兒道：「他們有官職嘛！何況誰可參加內廷會議，由聖上決定。」續道：「稅制的問題反而最簡單，聖上一向致力於『省傜輕賦，以廣人財；不奪人時，以足人用』之策，稅役論減不論加，在國老和梁王支持下，誰敢逆聖上之意？」

龍鷹興趣盎然的道：「這麼說，聖上治國的手段就是上法下道哩！」

上官婉兒驚異得美目瞪大，大訝道：「婉兒倒沒想過，原來龍大哥對政治這麼內行，一針見血。」

龍鷹說的「上法下道」，就是對上層官員實行嚴刑重罰的法家路線，對民眾則是道家的無爲而治，儘量不擾及民眾的穩定和生產。

龍鷹乘機再吻臉蛋，落點近唇，上官婉兒今次沒有躲避，只是嗔怪的瞥他一眼。

龍鷹見她不但乖乖陪坐，還任他輕薄，生出成就的感覺。不過曉得日落西山，還要向閔玄清報到，沒時間繼續大佔才女便宜，又按捺不住好奇心，問道：「新法令是甚麼？」

上官婉兒道：「新法令是由聖上親自提出的，就是不准攜帶弓矢入城，但只在神都、西都、揚州和成都四城實施，施行的細節卻討論了很長的時間。例如神都每日舟來船往，舟次達數千之數，幸好國老想出凡船舟進入神都，須將所有弓矢以大網裝載，高懸於桅柱，方解決了這道難題。」

龍鷹點頭道：「這是防止刺客的法令。」

上官婉兒道：「聖上最擔心國老，所以收到大將的死訊後，立即命李多祚大將從羽林軍選出高手，加強對國老的保護。」

龍鷹記起昨天到董家酒樓，狄仁傑親衛人數大幅增加的情況，探手過去執著她修長的玉手，拉著她站起來，笑道：「肯定沒有人敢反對這條法令，迅速通過。」探手將她軟玉溫香抱滿懷。

上官婉兒嬌呼一聲，兩手無力地按在他兩肩處，滿臉紅暈、羞人答答的道：「理雖該如此，可是當國老提出房州城也須實施同樣措施，便惹得魏王和楊再思反對，與國老和李昭德激烈爭辯。婉兒見到如此沒完沒了的，只好溜出來找龍大哥！」

龍鷹接下去一聲「親嘴嘴」後，封上她溫柔濕潤的紅唇，然淺嚐即止。

龍鷹離開皇宮，心中仍填滿上官婉兒被他輕吻後的嬌態，真的不明白自己怎可能在那樣的情況下遽然離開，端木菱出關後定要向她問個究竟，但又覺得如此另有一番動人滋味。

天色轉黑，天津橋在望時，燈火燦爛的神都又回來了。忽然頑皮心起，想曉得與武氏子弟和張氏昆仲表面關係改善後，是否仍有人跟蹤監視他，閃往無人處，戴上魯妙子的醜面具，將三女做的特製外袍反轉來穿，從藍變黃，大搖大擺的往天津橋舉步。

走不了幾步，大罵自己自尋煩惱，原來橋頭處聚集大批刑捕房的大哥，陸石夫是其中之一，正在截查過橋的人。可見武曌已下旨大幅加強神都的保安，於橋關這些往來必經之道，設置關卡。

暗嘆一口氣，掉頭就走，好找個地方回復原貌，方敢過關。大嘆倒楣時，一人在他身邊匆匆越過，看他的神色，便知與自己是同一處境，來個望關急遁。此人且是個武功不低的會家子。心中一動，以他的獨門追蹤法，遠吊在這個見不得光的人後方。

那人沿洛水東行，經過舊中橋、新中橋，於大浮橋前轉北往玉雞坊，越漕渠橋，前方忽地燈光火著，喧鬧震天，原來到了神都著名的北市。

市內諸行百業，鱗次櫛比，下漕渠橋後，沿街所見，都是打開門做買賣的店鋪，店門彩繪，上掛貼金紅紗燈，街上人流如潮，摩肩接踵，更有各具特色的工藝玩物店、衣物店、水果店，應有盡有。與店鋪互為呼應的是擺攤設點的攤販，攤上貨品千門萬類，穿戴的、裝飾的、日用物、吉祥物，你想得出來的，無不齊備。又有人擺攤看相測字、賣字畫，流動小販沿街叫賣，推車挑擔賣小吃的則大聲吆喝，招徠顧客。

吵鬧喧天的熱鬧情景，看得龍鷹大開眼界，他今早雖到過南市，卻未來過北市，更沒想過夜市會是如此一番風貌。

沿漕渠更是成串如燈陣的紅紗燈籠，青樓林列，笙歌絲竹響徹夜空，橫亙著燈河燭流，飄浮著鼎沸聲浪，夜客遊人，不絕如縷。

龍鷹雖看得目眩神迷，始終跟在那人身後，到見他左轉右繞，進入一間雜貨鋪去，忙移至店門旁，詐作觀看引得數十人圍觀、表演耍傀儡的攤子，同時豎起耳朵，追蹤那人的步音。

街上的吵鬧聲潮退般降下，那人直抵鋪後與另一人對話的聲音，清晰傳入耳鼓。當聽到的是突厥話，精神大振，全神竊聽。

那漢子以突厥語道：「在天津橋下手肯定行不通，所有連接南北的橋均設有關卡，像以前般走過去會被盤查，刑捕房那些人眉精眼企，很易出樓子。」

另一人以突厥語回應道：「那漂亮的妮子到北市來了，多了刑捕房的高手在暗中保護，憑我們現時的實力仍不宜輕舉妄動。幸好頭子傳下話來，會有高壇數的人於短期抵神都，到時自有他們作主。」

又道：「現在神都密探處處，沒甚麼就不要來找我。明白嗎？」

龍鷹聽到「漂亮的妮子」五字，心中湧起莫名的寒意，縱目四顧，小魔女動人的倩影映入眼簾。

前呼後擁下，小魔女白色武士服，外穿澄黃色披風，街上雖不乏扮得花枝招展的女子，在她俏秀無倫的花容比較下，全淪爲陪襯皎月的小星點。

狄藕仙仍是那副神采飛揚、巧笑倩兮的動人神態，在七、八個公子哥兒的人物陪伴下，悠然自得的沿街步來，又駐足於能吸引她的攤檔前，對追著來爭睹她艷色的人視如不見。所到處，莫不惹起轟動。

在這一刻，龍鷹忽爾百感交集。

小魔女和他，就像生活在兩個不同的人間世。小魔女是屬於神都的，與神都若如水乳交融，在這裡她可以發光發熱，像大海的魚兒，天上的飛鳥。身邊的人習慣了她，懂得如何遷就她，一旦離開神都，到了外面險惡的江湖，小魔女將難以適應。

龍鷹首次生出再不想惹她的心，這個決定是痛苦的，但對小魔女該是好事。以她的性格，看她現在神氣的模樣，早把他龍鷹置諸腦後。何況她已表示得清楚明白，不願委身下嫁他龍鷹。

龍鷹擴大掃視範圍，果然發覺有六、七個便服大漢散布四方，隨小魔女走走停停，不由暗讚武曌的警覺性。

想到這裡，轉身貼著店鋪的外壁撕下面具，又反穿外袍，剛巧那漢子從店鋪匆匆走出來，龍鷹橫撞過去。

那人也是了得，喝聲「你盲的嗎？」一掌往他推來。

龍鷹使個手法，劈手拏著他腕脈，硬將他拖過來，那人這才知道不妥，待要反擊，早被拖得失去平衡，還被龍鷹探指戳在脅下，登時全身發軟，全賴龍鷹攙扶，方不致倒往地上。

龍鷹攙扶著他，迅速離開，小魔女等懵然不覺，卻給暗中保護她的高手察覺有異，其中兩人追上來，一人喝道：「朋友留步！」

龍鷹轉過身來，道：「是我！」

兩人看清楚是龍鷹，忙施禮問好。

龍鷹將人交給他們，道：「這是重犯，陰謀不軌，立即交給陸大哥，最重要的是秘密行事。」

兩人嚇了一跳，接收犯人。

龍鷹放下心事，輕鬆起來。如要他把此人押返皇城，既惹人觸目又是苦差事，讓他們處理當然是駕輕就熟，穩當妥善。拍拍兩人肩頭，逕自離去。

龍鷹首次從新中橋過洛河。

此橋南對長夏門，北接西漕橋，長達三百步。本爲浮橋，後被洪水沖毀，大前年武曌下旨由大臣李昭德率將作監少匠劉仁景重建此橋，成爲陸上交通的樞紐。

橋頭設關卡，龍鷹當然通行無阻，把關的巡捕房大哥還施禮問好。只看此橋，即可窺大周築橋藝術的發達。採用的是木質基樁，多孔聯拱結構，由六十個圓形石拱聯綴而成，可通舟楫者五十六，正中的三孔特別闊大，跨徑逾三丈，完全可滿足巨型船舶的通行。

橋面成拱狀，一起兩伏，曲線優美，橋欄裝飾華麗多姿。兩端各有石獅一對，襯托得新中橋更是雄奇壯麗。

龍鷹首次步上新中橋，感覺新鮮動人，看著洛河反映兩岸燈火，與通橋懸掛的風燈相映成趣，眞不知人間何世。

但心中總有揮之不去的幽思，源自對小魔女的新決定。忽然間，他感到自己成熟了，再不是那個初抵神都吊兒郎當的野小子，懂得對人與人的關係，特別在男女方面做出深思，而非憑一時好惡，肆意妄爲，不理後果。

他是因端木菱而有這個改變嗎？

龍鷹止步立定，向倚欄而立、體態撩人、豔光四射的美道姑施禮道：「師父究竟是湊巧在這裡欣賞洛河夜景，還是一心等待本小子？」

三眞妙子別頭朝他瞧來，脈脈含情，唇角帶笑的瞧他，道：「爲何喚人家作師父？」

龍鷹心忖給她天作膽，也不敢在橋上動手，笑嘻嘻道：「你老人家是公主的師父，等若是小子的師父。」

三眞妙子白他一眼，媚態橫生的道：「你當奴家是師父，好該尊師重道，怎可以摸奴家胸脯，累得奴家仍軟柔無力？」

龍鷹給她的媚眼兒拋得心中一蕩，暗叫厲害。笑道：「此一時也，彼一時也。當時師父要的是小子的命，剛巧師父的胸脯最稱手，冒犯之處，請師父多多原諒。小子現正趕去赴約，敢問師父有甚麼訓示？」

三眞妙子道：「拿你這個眞小人沒法。奴家今天是傳話人，僧王著奴家來向鷹爺下戰書，約期來個單打獨鬥，希望此事能秘密進行，不致驚動他人，時間地點可由鷹爺選擇。」

龍鷹道：「哈！僧王動氣哩！不過勿要看小子頂著個邪帝的招牌，事實上只愛偷雞摸狗的勾當。請僧王放心，小弟何時興起，自會去找他大打一場，他想避都避不了，卻不會限時限地和他來個甚麼娘的決戰。他想幹掉老子，可隨時放馬過來，老子當然奉陪。哈！」

三眞妙子「噗哧」笑道：「好！奴家會拿你這番話回報僧王。龍鷹呵！眞弄不清楚你是聰明還是愚蠢，終有一天，你會後悔站在武曌的一方。」

又抿嘴笑道：「姑不論日後如何發展，奴家很欣賞你，很願意和你相親相愛，連僧王也不得不承認低估了你。這邊廂險保性命，那邊廂便來燒寺搗亂。僧王看著化爲碎粉的寒玉板，整個時辰都沒說過一句話。」

龍鷹訝道：「師父究竟是站在哪一方的？」

三眞妙子道：「奴家是女人嘛！殺不了你，便想向你投降，哪管得其他事？不阻鷹爺哩！奴家會設法再見鷹爺。」

說畢從他身邊走過，還輕碰他肩頭，嬌笑著去了。

第九章　星夜遊宴

「龍兄！」

龍鷹認得是風過庭的聲音，放緩腳步。風過庭來到他身旁，道：「三眞妙子來找你幹嘛？是否要你賠償損失？」

龍鷹與他並肩而行，道：「今天陪人雅她們吃喝玩樂，用了老子三兩黃金，如此下去，很快散盡家財，變成窮光蛋，爛命一條，賠他奶奶的。哈！怎麼這麼巧？」

風過庭笑道：「在下的家就在後面的承福坊，到如是園，此橋是必經之道，該由在下問你爲何在這裡出沒？」

龍鷹解釋後，風過庭道：「平時我最看不起來俊臣，現在卻希望他大展身手，從那人口中搾取有用的情報。」

龍鷹一邊欣賞洛河區人來車往的熱鬧情景，一邊道：「此事明天可見分曉。嘿！有你陪我一起遲到，閔大家將難以怪責小弟。」

風過庭道：「只要太陽未出，不算遲到。因爲照慣例閔玄清的園遊夜宴是通宵達旦的舉行。」

龍鷹嚇了一跳，道：「不用睡覺麼？」

風過庭笑道：「想睡覺便不要去。你和閔玄清有進一步的發展嗎？」

龍鷹苦笑道：「這幾天小弟忙得一頭煙，昨晚到現在只睡了一個時辰，今晚又不知可抽多少時間出來睡覺。如此下去，肯定剩下半條人命，可以和她有甚麼發展？」

風過庭道：「你是當局者迷。在下曾爲你探聽軍情，直接問她，閔女冠笑而不語，但只要不是盲的，都看得出她對你有很大好感。否則依她一向的作風，怎都月旦幾句。」

龍鷹道：「忘了問你，有收到武三思的帖嗎？」

風過庭冷哼道：「怎會漏了我？仞雨也在邀請之列，我也像你們般被打爲狄仁傑的一黨，屬『中宗派』，宴無好宴，屆時肯定有我們好看的。」

龍鷹道：「該不會吧！武三思與我的關係，目前空前良好，張氏昆仲又向我擺出友善姿態，連武承嗣那混蛋也遣來俊臣來向小弟探路修好。」

風過庭道：「武三思是被武承嗣和二張利用，而他們與你修好是做門面工夫給聖上看，笑裡藏刀，你在神都時日尚淺，很快就能習慣。」

龍鷹哈哈笑道：「原來如此有趣。到哩！我的娘！恁地多人。」

如是園中門大開，十多輛馬車排著車龍的魚貫駛進去，三、四騎從兩人旁疾馳而過，其中一騎還回頭和他們打招呼，全是去赴宴的。

風過庭道：「閔大家當然魅力十足，一呼百諾。今晚又有你這個大紅人助陣，誰不想一睹鷹爺的風采？」

龍鷹本想入園後找個地方閉閉眼，聞言苦笑以對。

龍鷹從沒想過如是園可變成這樣子。不由記起初遇時胖公公說過的兩句話：「權貴生活的奢華淫靡，恐怕你做夢都未想過。」

光是在湖面自由飄浮的近千盞彩燈，已教人目眩神迷，歎爲觀止。沿湖遊廊掛上紅紗燈籠，如若繞湖的紅絲帶，數組庭院燈火輝煌，連接的園林則隱透點點光芒，令燈火的分佈錯落有致，動靜有別，蔚爲奇觀。

以百計的賓客分散於曲廊亭臺、園林庭院，沒有擠迫的感覺，也不聞喧嘩之聲，更有人三三兩兩泛舟湖上，閒適寫意。管弦絲竹之音不知從何處傳來，在庭林環湖的空間若隱若現，仿似從星空降落大地的天籟。

循路而去，更是目不暇給。就像一下子鑽出無數美女，個個錦繡羅綺，衣香鬢影，施脂抹粉，珠翠華飾，在湖風吹拂下，彩衣繡裙迎風飄揚，宛若眾仙下凡。

兩人甫進如是園，即備受仕女矚目，紛紛上前結交，他們應付得非常辛苦，好不容易闖到繞湖長廊，朝閔女冠的庭院舉步。

兩人沿途不知接了多少媚眼兒，嗅過多少陣香風，大有花不醉人人自醉之感。抵達臨湖平臺，風過庭被熟人截著，龍鷹趁對方尚未曉得他是誰，慌忙開溜，正要去向閔玄清報到，然後逃離現場，返上陽宮慰妻，未入門樓便給兩個豔光四射的美人兒截著，齊喚鷹爺，情如火熱，如果不是附近有人，肯定是投懷送抱的香豔場面。

龍鷹定神一看，竟是七美中的留美和留香，打扮得花枝招展，又不失清秀淡雅，難怪自己認不出她們來。

兩女左右牽著他衣袖，拉他到一邊，留香道：「終盼到鷹爺來哩！」

眾女裡留美年紀最小，俏臉羞紅，忽然一雙美眸紅起來，嚇得龍鷹慌忙湊過去在她臉蛋香一口，哄道：「不要哭！該笑給我看！」

留美不好意思地舉袖拭淚，然後甜甜一笑，仿似雲開見月，光耀大地。

留香扯他衣袖，不依道：「人家呢？」

龍鷹也香她臉蛋，留香方轉嗔為喜，充滿少女的嬌柔婉順，令龍鷹首次明白自己將多麼珍貴的東西慷慨送人，道：「如此兵荒馬亂，閔大家如何為你們挑選夫婿？」

留香莞爾道：「鷹爺說得真有趣。早在遊宴舉行前，天女早讓入選者和我們七姊妹見面，他們都很熱烈呵！」

龍鷹訝道：「入選者？」

留美道：「天女定下條件，首先須獨身未娶，其他人品、作風和操守都要符合她的標準，最後亦是最重要的，是要過白老的一關。」

見龍鷹一頭霧水的樣子，留香解釋道：「白老在神都很有名，是術數大師李淳風的三傳弟子，精通相法。」

龍鷹歎道：「現在我真的放心了。」

留美笑道：「全仗鷹爺，最好笑的是天女告訴他們，我們七姊妹是你的義妹，如果有人敢欺負我們，鷹爺會找他們算帳。嘻嘻！」

龍鷹記起太平公主指他是「神都惡霸」，雖是惡名，但在有些情況下壞事可變好事，起威嚇作用。

閔玄清銀鈴般的笑聲一陣風般吹過來，道：「原來鷹爺溜到這裡來。」又向兩女道：

「快回去！很多人拆屋破牆的在找你們兩個。」

留美和留香依依不捨的返庭院去。

閔玄清扯著他朝園林深處走，踏著碎石路，龍鷹道：「閔大家不用招呼客人？」

閔玄清改為輕挽他的臂膀，道：「這麼多人，招呼得哪一個？」又喜孜孜道：「第一次相見非常成功，個個神魂顛倒，落選者回家會捶胸頓足三天三夜。眞好玩！」

穿過一座茂密的竹林，園湖重現前方，還有個小碼頭，泊有三艘小艇。閔玄清輕盈地躍往一艇，坐在船中處。

龍鷹這才曉得風流女冠要和自己泛舟湖上，忙解索划船，淨朝小湖無人處駛去，不時遇上飄浮的彩燈，左繞右彎。聽著岸上傳來的樂音人聲，湖風輕吹，面對的是風格獨特的美女，大有暫離人世的安靜寧洽。

閔玄清美眸凝望他，唇角含春的道：「你的小魔女來了！」

龍鷹苦笑道：「我的小魔女？小魔女怎可能是我的？」心中接下去的一句──她是屬於神都的。

閔玄清哂道：「明人不做暗事。誰人公開向小魔女送贈定情之物？誰看不到小魔女和神山之星形影不離？誰看不到你們兩人並騎出城？」

龍鷹奇道：「閔大家在吃醋？」

閔玄清舉起纖手，食指和拇指分開少許，一臉嬌癡的道：「有這麼的一點點！」

龍鷹難以相信的看著她收回纖美的玉手，說不出話來。

閔玄清拋他一個媚眼，道：「鷹爺的男兒氣概到哪裡去了？」

龍鷹道：「當時受贈的還有太平公主呵！」

閔玄清道：「一矢雙鵰嘛！再說下去更欲蓋彌彰啦！」

龍鷹感到很難在這方面說得過她，道：「閔大家是否愛上了小弟？」

閔玄清再以食指和拇指比擬分量，比剛才少了些許，香唇輕吐道：「也有這麼的一點點。」

龍鷹的心給她逗得變成一團火炭，吁出一口氣道：「看來老子不顯點手段，閔大家是不肯老實的了。」

閔玄清嬌笑道：「那就要看鷹爺有甚麼了不起的手段哩！」

龍鷹哈哈笑道：「原來和閔大家調情，竟是如此引人入勝。咦！那是甚麼燈號？」

閔玄清別頭瞧去，訝道：「那是召喚玄清的燈號，有甚麼急事呢？」

遠岸一盞綠色的風燈依著某一節奏亮起又熄滅。

龍鷹道：「該怎麼辦？」

閔玄清道：「氣死人哩！偏在這個時候找人家，搖過去看是怎麼一回事？」

艇泊小碼頭旁，迎上來的是陸石夫，一臉凝重神色，湊到龍鷹耳旁道：「聖上找你！」

龍鷹嚇了一跳，來到俏立一旁的閔玄清身前，低聲道：「有十萬火急的事，小弟須立即離開。」

閔玄清輕輕道：「玄清不依呵！除非你答應明天多騰出些時間來陪玄清，否則不放你走。」她的神情恬靜無波，像只是普通的交談對話，內容卻是香豔綺美，情意綿綿，擺明是向情郎撒嬌獻媚，那種矛盾合起來形成的誘惑力，可把任何頑鐵化爲繞指柔。

龍鷹差點克制不住擁她入懷，終領教到她的敢愛敢恨，哄她道：「遵旨！」

鐵著心腸轉身與陸石夫朝正門匆匆而行，道：「究竟是甚麼事？」

陸石夫壓低聲音道：「若是別人問我，我寧死不會說半句，但鷹爺垂詢，我當然不敢隱瞞，如果聖上不說出來，鷹爺當是沒有聽過。」

龍鷹保證道：「陸大哥放心直說，小弟會當作陸大哥沒說過半句話。」

陸石夫道：「聖上吩咐下來，若找到任何疑人，必須立即向她上報。所以鷹爺將北市擒到的那個傢伙交到我們手上後，我曉得事關重大，一邊把他押返刑捕房，另一邊使人飛報聖上。」

兩人怕遇上熟人，離開繞湖長廊，專揀園林裡的小路走。

龍鷹愕然道：「這麼快逼問出口供？是不是由來大人出手？」

陸石夫現出古怪神色，道：「的確有通知來大人，他正在女觀裡偎紅倚翠，還大罵了我派去請他回刑捕房的人，才回刑捕房去，在來大人這種心情下，我們都曉得那被捕的傢伙有苦頭吃。豈知來大人正準備大刑伺候，聖上竟來了。自有刑捕房以來，尚是首次聖駕親臨。」

龍鷹心忖，武曌對大江聯是動了眞火。但仍猜不到發生了甚麼事。

陸石夫猶有餘悸的道：「聖上把我們全趕出刑室，包括來大人在內。」

龍鷹心中冒起寒意，武曌竟然親自出手拷問口供。

兩人步出門樓，碼頭處泊了兩艘小艇，兩個刑捕房的高手在恭候。

陸石夫道：「不到半個時辰，聖上從刑室走出來，下令我立即去找你到新潭碼頭和她會合。」

龍鷹躍上小艇，向落在另一艇的陸石夫道：「那傢伙呢？」

陸石夫現出不忍卒睹的神色，道：「整個頭顱塌下去，身上沒有一根骨頭是完整的。」

龍鷹倒抽一口涼氣，說不出話。

快艇離開碼頭。

快艇在新潭碼頭泊岸。

新潭碼頭是對這個神都最廣闊內湖以百計大小碼頭和泊位的總稱，際此初更時分，廣闊的新潭，只計靠岸的船舶已有逾千之數，在離岸處落錨停泊的更達二千之眾，部分燈光火著，傳來人聲，該是仍有人在船上辛勤工作，大部分則烏燈黑火，只於船首船尾和船桅高處掛上風燈。帆影重重，燈火點點，比對白天忙碌火熱的情況，另有一番繁華大都會動靜對比的風味。

這也是旅社和客棧集中的區域，雖不見車來車往、送貨取貨的情景，仍是人流不絕。

迎接龍鷹的是令羽，沒有從人，向陸石夫打個手勢，後者領另一艇開走，令羽則示意龍鷹跟他走，神秘兮兮的。

龍鷹知機的不說話，隨他朝一排三十多個平時半露天的熟食攤檔走過去，這些攤檔只在白天營業，桌椅從有篷蓋的檔內直擺出來，是新潭著名的特色。現在篷外的桌子均收起來，黑沉沉一片。

整個潭區不見絲毫異於平常的景況。

令羽領龍鷹進入其中一個篷鋪，恭敬的低聲道：「鷹爺到！」

大周女帝武曌坐在其中一張圓桌旁，面對碼頭，龍顏冷酷，略一頷首，表示知道。御衛大統領武乘川坐在她右側，看他如坐針氈的神態，知他極不習慣和武曌平坐。

龍鷹受到像扯緊了弓弦般的氣氛感染，不敢說話。

武曌一雙鳳目凝定前方，沉聲道：「一切依計畫進行。」

武乘川起立躬身應是，領令羽去了。

武曌道：「坐下！」

龍鷹移往圓桌，正要在隔兩張椅子，位於她左側的位置入座，武曌道：「到朕身旁來。」

龍鷹只好坐到她左側的椅子。

武曌仍沒有看他，道：「朕開完內廷會議見不到你，心中本不高興，可是正因你敢違朕的命令，給你擒得此人，朕還可以怪你嗎？」

龍鷹忙道：「聖上著小民到貞觀殿去，只像隨口說說，似是見不見沒甚麼大不了的，所以小民才敢於久候下，拿主意離開。哈！若聖上眞的吩咐下來，小民怎敢不聽聖上的話？」

武曌帶點奈何他不得的語調道：「只有你敢說不用聽朕隨口說的話。」終別過龍首朝他瞧來，含笑道：「我們的鷹爺是否戀上國老的掌上明珠，故此在暗中保護小魔女？」

龍鷹感到她輕鬆的心情，陪笑道：「小民怎受得起聖上喚小民的外號？哈！流水雖有意，落花卻無情，小魔女和小民是遊戲性質。不論小民如何色膽包天，也不敢好國老千金的色。哈！」

武曌禁不住莞爾道：「信你的是傻蛋。小心朕治你欺君之罪，治不了你，朕就拿婉兒來出氣，看你還敢不敢視朕如無物。」

龍鷹忙道：「聖上息怒，小民對聖上是忠心耿耿，聖上明察。唉！聖上這招聲東擊西，小民無從招架。」

武曌嫣然笑道：「誰叫你這小子到處留情，處處破綻？婉兒早前說起你時，眼珠亂轉，不住露出羞態，你究竟對她做過甚麼惡行？」

龍鷹苦笑道：「輕輕碰過她的櫻唇，小民絕沒有其他不軌行爲。」

武曌長身而起，嚇得龍鷹慌忙起立。

武曌淡淡道：「爲朕脫衣！」

龍鷹失聲道：「甚麼？」

第十章　奇功破敵

武曌似因可以作弄他，心懷大暢，唇角含春的道：「不論穿衣脫衣，幾年來朕沒動過半個指頭，現在只得你一個人，不是由你來伺候朕，由誰來？」

回神都後，龍鷹未見過她心情有這般好的，且無從拒絕，只好用神打量她的裝束，看該如何入手。

武曌轉過龍軀，面對龍鷹，鳳目半閉，充盈成熟美女的風華美態。在這一刻，龍鷹差點忘掉她是九五之尊，而只是個等待他寬衣解帶、有高度誘惑力，如花朵盛放中的女人。不由暗呼姹女大法厲害。

武曌今次是「微服出巡」，穿的雖是尋常婦女便服，仍是非常講究。藕絲衫子柳花裙，上穿羅衫，下繫長裙，裙腰束得很高，外加披帛，衣黃裙紫，披白則染以五彩，無不透出被香料薰過的氣味。

最觸目驚心的是上衣斜開而下的襟口和一排橫過她酥胸的鈕扣，解鈕而不觸及她的胸部是不可能的。

龍鷹分她的心神道：「那傢伙這麼容易就招供了。」說畢小心翼翼爲她拿開披帛，搭往椅背去。

武曌冷哼道：「不論俊臣的刑術如何高明，最高境界不外是『攻心』。我聖門刑學博大精微，講的是『奪魂』。朕對他施展搜心竊魂之術，不到半盞熱茶，那反賊全面崩潰，朕要他說甚麼便甚麼，身不由主，還怕他不就範？」

龍鷹先爲她解開以染銀色絲線織成的腰帶，接著脫下她的長裙，現出白色紮腳武士褲的修長龍腿，武曌配合地挪開雙腳。他捧著長裙，恭敬地搭在椅背處。

武曌「噗哧」笑道：「不用那麼緊張好嗎？你又不是第一次脫女人的裙。」

龍鷹歎道：「聖上勿要笑小民，小民緊張起來，會忙中有錯的。」

武曌笑臉如花的道：「可以錯到哪裡去？」

龍鷹心忖此風不可長，絕不可以和她有進一步的關係。開始爲她解上衣的鈕扣，指尖不住觸碰她柔軟和充滿彈性的酥胸，心中感受到的卻是如在刀尖上赤腳而行的兇險。

武曌龍體微顫，嬌吟道：「龍鷹！」

龍鷹移到她身後，在她配合下除去她上衣，應道：「小民在！」

武曌一身白色武士服，傲然卓立，轉身面向他，鳳目芒光閃閃，道：「今晚朕可以有一覺好睡哩！」

龍鷹捧著她上衣，不知該如何答她。

武曌移近少許，柔聲道：「朕今夜將大開殺戒，只須留一個活口，如果辦不到，今夜的行動等若徹底的失敗，明白嗎？」

龍鷹仍不曉得她所謂的行動是怎麼一回事，點頭道：「怎可能有聖上辦不到的事？」

武曌伸手接過他拿著的上衣，搭往一側的椅背，道：「此人非常易認，因為他臉上有一道長五寸的刀疤，在突厥他是名氣很大的猛將，叫眞白拿雄，此人擅長陰謀詭計，最愛到敵人大後方進行顚覆破壞，今次是作法自斃。」

接著聲音轉柔，龍口貼近他耳邊道：「鷹爺怎麼看朕的策略？」

龍鷹雙目魔芒大盛，冷然道：「射人先射馬，擒賊必擒王。如果我們只定下一個明確目標，今晚幾乎是十拿九穩。其他人只須重重包圍。嘿！敵人究竟在甚麼地方？」

武曌欣然道：「被你活捉的傢伙屬於一個由十人組成，專責情報的小組，收集消息後，知會藏身北市叫紅狼的頭子，再由紅狼把收集回來的消息向眞白拿雄彙報。」

稍頓續道：「現在武乘川和陸石夫聯手布下天羅地網，監察紅狼，他於戌時中離開北市，先往漕渠附近看暗記，然後到新潭來，直至此一刻。如果朕所料無誤，敵人將在湖上其中一艘船舉行聚會。只要肯定眞白拿雄現身船上，我們立即動手，否則須等待另一機會。」

龍鷹道：「小民該如何配合？」

武曌道：「朕負責殺人，你負責擒人，最重要是不讓眞白拿雄有自盡的機會。」

龍鷹冷靜的道：「完全明白！」

武曌半邊身挨貼他，柔聲道：「能和邪帝並肩作戰，是朕的榮幸。」

龍鷹呆一呆時，武曌香唇印上他面頰，然後退開兩步。

令羽匆匆而至，沉聲道：「稟聖上，點子來了，船上共二十八人，包括紅狼，其中六人分別在船頭、船尾和左右兩舷把風。」

武曌道：「是時候哩！」

武曌、龍鷹和武乘川，立在雙桅船的艙廳，遙觀敵船的情況。曾隨武曌到淨念禪院的十八個護駕高手，在下層枕戈以待，氣氛凝重。

武乘川歎道：「敵人的確高明，泊的位置避開潭心的主航道，最接近的船也在二十丈開外，且以船首向著主航道。我們唯一接近而又不惹起警覺的方法，只有從水底潛過去一個選擇。可是只要給任何一個把風者及時發出警號，我們能截著對方一半人已非常不錯。」

龍鷹掃視遠近以百計的船隻，心忖如果給敵人投進水裡去，在如此複雜和多樣化的環境，想截著個武功高強的高手，難度等於大海撈針。而時間再不容許他們花時間去想辦法。

武曌道：「龍鷹！」

龍鷹道：「立即起航，在敵船前方三十丈的貨船旁駛過。」

武曌道：「還不照龍先生的意思辦？」

武乘川領命去了。

武曌道：「你有甚麼奇謀妙計？」

龍鷹道：「就是以快制慢。小民從左舷往敵船彈射，有五成把握可越過近四十丈的距離，落到敵船上。」

武曌苦笑道：「如果你失手又如何？」

船身一顫，駛離碼頭，依龍鷹的航線前進，不住加速。任敵人的把風者如何精明，也只會以爲是艘普通不過的夜航船，因爲距離實在太遠了。

武乘川回來，站在武曌另一邊。

龍鷹欣然道：「巧妙處就在這裡，即使小民失敗，仍然有補救之法。」

武曌喜動顏色道：「朕明白了！」

武乘川聽得一頭霧水，不知所云。

雙桅船終抵達龍鷹要求的位置。

龍鷹從右舷掠往左舷，躍起，雙腳撐在甲板邊緣，兩腿屈曲，魔功爆發，投石般沖天而上。

一道黑影迅似鬼魅，幾乎同一時間從艙頂射往龍鷹，落往他背上，兩腳一前一後立個穩如泰山，身子前弓，以減少空氣阻力，赫然是臉如寒霜的大周女皇帝。除了她外，誰能和龍鷹配合得如此天衣無縫，就像曾演練過千百次般純熟？

龍鷹投射的角度非常巧妙，斜射而去，借中間船的布帆掩敵耳目，到掠帆而過，敵人方看到高空有變，不過一切都遲了。

敵人尚未有機會發警號，龍鷹已耳際生風的到達離敵船兩丈許處，衝勢已盡，往下墜去，眼看功虧一簣，武曌雙腳生出吸啜和提升向前的龐大力道，倏忽間落往敵船頂。

武曌躍離龍鷹，使個千斤墜，「砰」的一聲破船頂而入，慘叫痛哼、骨折肉裂的聲音爆竹般響起，聲勢驚人至極點。

十八親衛高手現身敵船四周，以勾索迅速登船。

龍鷹滾到破洞處，立即看呆了眼，地上伏了七、八條屍首，其中一敵以長矛往武曌刺去，竟給武曌劈手抓著矛頭，硬將那矛手帶得橫移兩步，擋了本是從另一側劈向武曌的一刀，登時鮮血激濺，武曌順手將矛另一邊的棍頭洞穿不幸矛手的胸口，穿背而出，再貫穿矛手身後刀手的胸膛。

接著武曌旋身而起，第一腳踢飛了攻來的另一把刀，接著連環踢出，那人給踢得七孔流血拋飛而亡。

最厲害的是整個船艙的空間凹陷下去，人人現出似欲從惡夢掙扎醒過來的吃力神色，一切就像個永不會休止的夢魘。

「砰！」

艙壁破碎，眞白拿雄不愧突厥的著名高手，趁手下拚死維護他的時機，掙脫武曌威力驚人的天魔氣場，破壁遁逃。

龍鷹貼艙頂而去，兩手按往邊緣，魔勁催發，箭矢般朝眞白拿雄射去，後發先至，在他落水前趕上他。

眞白拿雄也是厲害，竟凌空來個翻騰，掣刀照頭劈向龍鷹。

龍鷹早猜到他有此一著，積蓄至顛峰的一掌全力拍出，命中敵刀。眞白拿雄全身劇震，虎口破裂，大刀脫手，往下墜去。龍鷹就趁他血氣翻騰，失去還手之力的一刻，憑腰勁改前衝之勢爲頭上腳下急墜，以腳尖迅疾無倫點中他胸口的幾個要穴。

「砰！砰！」兩聲，兩人先後墜入湖水裡去。

武曌和龍鷹並排坐在馬車上，駛入皇城。

武曌欣然道：「朕該如何嘉賞你？」

龍鷹恭敬道：「能爲聖上辦事，是聖上對小民最大的嘉賞。」

武曌笑道：「朕不想聽恭維，這樣吧！明天你不用到御書房來，好好陪你的嬌妾。」

龍鷹大喜道：「謝主隆恩。」

武曌道：「停車！」

馬車停下。

龍鷹訝道：「聖上不用小民陪聖上去審問眞白拿雄嗎？」

武曌湊過來在他左右臉頰各香一口，欣悅的道：「今晚朕不想再花精神在他身上，朕會以聖門秘技『七針制神』讓他吃足一晚苦頭，明天養好精神炮製他。回甘湯院吧！還有一個時辰便天亮了。快滾！」

龍鷹突然醒覺，院外一片迷濛，綿綿絲雨籠罩大地。腦袋不受控制重演武曌入艙殺敵的情景。武功高強的敵人，一一飲恨在她的蓋世魔功之下，不堪一擊，換了自己下場，正面交鋒，能否捱過她百招連他也沒把握。難怪法明如此怕她。

他坐起來，香體入懷，麗麗坐到他腿上，忙一把將她摟個結實，借她動人的肉體忘掉一切，親熱一番。

麗麗喘息著道：「夫君大人呵！吃午飯哩！」

龍鷹嚇了一跳，攔腰抱起她往樓下走去，道：「現在是甚麼時候？」

麗麗嬌吟道：「快午時了。」

龍鷹心忖自己好像從未好好陪三女共膳，忙匆匆梳洗更衣，到內堂與她們吃午飯，發覺飯菜樸實無華，入口卻非常美味，大有家常菜滋味。大訝道：「誰弄出來的？這麼好吃。」

三女歡天喜地的向他大送秋波。

秀清道：「是我們三姊妹弄的，多謝夫君大人讚賞。」

麗麗俏臉紅起來，吃吃嬌笑道：「夫君大人如何獎賞我們？」

龍鷹滿嘴美食，含糊不清的隨口應道：「現在沒空，幸好來夜方長，可以重重有賞。」

人雅羞人答答的道：「最怕你像昨晚般睡得像頭豬那樣。」

龍鷹瞅著她道：「爲夫只一晚變豬，我的好人雅卻晚晚是可愛的小豬，這叫百步笑五十步嗎？」

人雅不依的扭動嬌軀，那種媚態畢露的美景，看得他魂搖魄蕩。這個美人兒確是媚力十足，隨便一個神韻姿態，仍有強烈催魔之效。端木菱的仙胎在她面前完全失效。

龍鷹搖身變成醜漢，來到南市，肯定沒有人跟蹤後，進入約定好的食肆，宋言志早坐在一角的桌子，看著龍鷹坐入他桌子，現出心驚膽戰的神色。

龍鷹道：「是我！」

宋言志讚歎道：「世上竟有如此高明的易容術。」

龍鷹沒有解釋，道：「你們是否因爲有批包括眞白拿雄在內的高手忽然消失，致疑神疑鬼，陣腳大亂？」

宋言志驚訝得合不攏嘴，好一會回過神來，道：「竟是你們幹的，那是沒有可能的。」又道：「誰是眞白拿雄？」

龍鷹答道：「就是臉上有道刀疤的傢伙，他當然冒充漢人。」

宋言志露出恍然之色，道：「他是六壇級的重要人物。鷹爺眞厲害，命中我們的要害。」

龍鷹道：「先告訴我，宋兄原來想說的事。」

宋言志道：「我們正開闢一條通往東宮的地道，可以在三天內完工。」又說出地道入口房舍的位置。

龍鷹聽得倒抽一口涼氣，心呼好險。

大江聯的計畫確有成功的可能。首先是擄劫小魔女以轉移視線，令全城軍馬疲於奔命，陣腳大亂，人心惶惶，然後由眞白拿雄率死士通過地道進入東宮，盡殺李旦和他的親族，不但可重重打擊武曌經神聖化了的威望，且因太子之位懸空，以武承嗣和武三思爲首的政治集團，與以狄仁傑爲首的朝廷勢力，將陷入無限激化的奪位之戰裡。武曌則是進退兩難，朝廷會被癱瘓。

大江聯竭力營造的混亂形勢將告出現。突厥大軍趁機壓境而來，大江聯則打著匡復中宗的旗號，揭竿起義，先佔領沒有了黑齒常之的巴蜀，那時大周勢危矣。

此計又狠又辣，不知是那萬俟小姐還是寬玉想出來的？

宋言志道：「現在該怎麼辦？」

龍鷹衝口而出道：「撤退！」

宋言志不能相信的道：「撤退？鷹爺不是要把我們在神都的勢力連根拔起嗎？」

龍鷹道：「這是另一種連根拔起。眞白拿雄已被生擒活捉，招供會是今天內發生的事。照武曌的作風，將發下最大規模的搜捕令。」

宋言志仍是不明所以，呆瞪他。

龍鷹道：「你老哥回去後，力主全面撤退，理由是再掌握不到目前的情況，避風頭是最聰明的做法。」

宋言志道：「我有信心說服他們，卻不明白鷹爺爲何肯放生他們。」

龍鷹道：「一切全爲你，事實會證明你有先見之明，等於爲大江聯立大功，令大江聯更看重你。明白嗎？」

宋言志道：「只怕萬一，若他們蠢得不聽我的勸告又如何？」

龍鷹道：「那他們就是自作孽，天注定他們活不到明天，你定要及早開溜，只要到國老府說出名字，國老收容你後會使人知會我，包保你沒事。」

宋言志感動的道：「鷹爺對言志好得沒話說。」

兩人商量了日後聯絡的方法後，先後離開。

第十一章　四蹄踏雪

綿綿細雨中，龍鷹回復本來面目，往訪聶芳華，啓門的家丁認得他，請他入堂等候，片刻後萬仞雨來了，在他旁坐下笑道：「好小子，竟是來找芳華而不是萬某人。」

龍鷹欣然道：「有分別嗎？還以爲你失蹤了，原來是與美人兒雙宿雙棲，形影不離。」

聶芳華銀鈴般清脆的笑聲傳過來，道：「久別重聚，鷹爺勿要怪芳華纏著仞雨，不讓他離開。」

龍鷹朝她瞧去，雙目睜大道：「我的娘！嫂子竟然漂亮到如此懾人心魄的地步，由此可知小弟的兄弟不但是天下第一用刀高手，還是……哈哈！沒甚麼！我只是想說他是家有絕色，全力以赴的英雄好漢。」

萬仞雨搖頭苦笑道：「你這滿口髒話的壞小子。」

聶芳華早知他不會有「好話」，故先發制人，坦言承認纏著愛郎，教他沒法拿此大做文章，豈知龍鷹見縫插針，且露骨得要命，又給他讚得心中歡喜，登時俏臉火辣，螓首低垂的坐在萬仞雨的另一邊，含羞不語。

龍鷹身子探前，好欣賞她迷人的神態，笑道：「今次小弟是爲令羽的事來見聶大家。」

聶芳華含羞答答的迎上他灼灼的目光，道：「原來鷹爺不是專誠來訪芳華，芳華會很不高興。」

龍鷹嘿嘿笑道：「可是現在看聶大家的模樣兒，卻是開心迷人。哈！不要唬小弟！我只是找個藉口來拜見芳華，免得我的兄弟事後找老子算帳，問我私闖大家的香閨，究竟有何居心？哈！」

聶芳華白他一眼，再送一個甜笑。

萬仞雨看他色授魂予的模樣，道：「若不曉得你這小子是甚麼人，還以爲多了個情敵。」

聶芳華嗔怪道：「雨郎呵！」

龍鷹坐直身子，一本正經道：「言歸正傳，小弟今次來是爲令羽提親，由芳華爲令羽和舉舉作主。」

聶芳華默然片晌，歎道：「此事令人頭痛。」

龍鷹大吃一驚道：「難道舉舉對令羽沒有一點意思？」

聶芳華忙道：「噢！不！鷹爺誤會。舉舉親口告訴芳華，第一眼看到令統頭，已感有緣，幾個月相處下來，更是情根深種，非她的羽郎不嫁。問題在武延秀正大力追求舉舉，舉舉怕武延秀會爲難她的羽郎，影響令統領的官職，故此心中爲難。最近幾天她沒有回青樓去，躲避武延秀。」

龍鷹皺眉道：「武延秀是誰？」

萬仞雨冷哼道：「武延秀是武承嗣之子，武曌的內姪孫，封淮陽王，武氏子弟中數他功夫最好，被安排到軍中任職，打過幾場仗，算是立下些小軍功，極得武曌看重。」

今次輪到龍鷹頭痛，又是牽涉到武家子弟。道：「若是明媒正娶，武延秀有甚麼話可說的？」

聶芳華歎道：「現在朝廷裡武氏子弟勢力龐大，個個身任要職，舉舉絕非過慮。」

萬仞雨提議道：「舉舉脫離芳華閣又如何？」

聶芳華道：「武延秀有神都小霸王之稱，曾有強奪民女的惡行，現在是看在芳華閣的情面，不敢對舉舉胡來，如果舉舉再不屬於芳華閣，天曉得他會幹甚麼。」

接著向龍鷹嫣然笑道：「不過也非是沒有解決的辦法，但需鷹爺點頭才成。」

龍鷹道：「竟有這麼便宜的事？」

聶芳華欣然道：「鷹爺若肯正式公開的收舉舉做義妹，然後將她許給令統領，武延秀只有乾瞪眼的分兒。」

萬仞雨拍腿道：「好計！」

龍鷹心中苦笑，多了個便宜義妹，亦與武延秀結下樑子，在神都他是愈陷愈深，未來不知如何了局。但再沒有別的選擇，慷慨答應。

聶芳華歡喜的道：「芳華要代舉舉謝過鷹爺的大恩大德。」

龍鷹告辭離開，由萬仞雨送他。

抵達院門，龍鷹止步道：「昨晚很刺激，且影響深遠，現在卻不宜告訴你，免得打擾你卿卿我我的興致。明天午後在國老府碰頭吧！」

萬仞雨笑罵道：「竟敢向我賣關子，明天我在天津橋等你，不見不散。」

龍鷹拍拍他肩頭，笑著去了。

神都是龍鷹所到過的城市中，水陸交通最爲便利的城市。以水路而言，除洛水貫穿其中之外，還有東瀍水、西穀水、北金水渠、通濟渠、伊水、漕渠、黃道渠、重津渠和丹水渠，縱橫交錯，城內水上交通順暢無比。

陸路交通規整劃一，縱橫各十條大街，配以內街小陌。大者寬百步，小者亦三十步，大街小街整齊相對，流通方便。

最熱鬧的大街，當然是定鼎街，由皇城南端門至定鼎門南北八里，隋時稱爲天街，現稱爲定鼎大街，兩旁雜植槐柳，際此盛夏時節，綠蔭成行，龍鷹漫步其中，心舒神爽，兼之剛下過一場小雨，空氣清新，看著車轎川流不息，深深感受著大周皇朝的繁華氣象。

他走的是定鼎門的方向，然後折東而行，目的地是閔玄清的如是園，想起即將可見到這位風格獨特的天女，想起昨晚她嬌癡嫵媚的迷人神態，一顆心燃燒起來。

過了長夏門，有點不由自主的尋路回到那天被四大弟子圍攻的拱橋上，在高處憑欄俯視緩緩淌流的伊水。

離端木菱出關之期尚有兩天，她還說會弄幾味齋菜款待他。唉！恐怕包括他們兩個當事人在內，誰也弄不清楚他們的關係，原因在不論仙胎和魔種，都是玄之又玄的東西。向雨田曾說過，沒有人明白魔種，可以說的是，魔種就是那麼樣的，沒有人知道爲甚麼。只有當你體驗過魔種，才會確信魔種的存在。

魔種既是無法理解，仙胎亦是如此，仙胎魔種合起來，遂成他和仙子此刻撲朔迷離的關係。

多想無益，只能全心全意的去品嘗和體驗。龍鷹收拾心情，趕往如是園去。

踏足如是園，立即感覺到異樣的氣氛。人人神情肅穆，不願多言。到達閔玄清的院落，一排三輛馬車，還有十多匹健馬，數十個道士道姑，立在車馬之旁，一副整裝待發的場面。

閔玄清排眾而出，向他招手道：「幸好你來了，可送玄清一程。」

車馬隊駛出正門，車廂內兩人並排而坐，由於閔玄清神情嚴肅，龍鷹不敢說話，當然更不敢碰她。

閔玄清輕歎道：「道尊十天前仙去，道門從此多事矣。」

往他瞧來，雙目射出海樣深情，伸出纖手按在他掌背，柔聲道：「太宗皇帝立道門為國教，遂於西都西面的少陵原興建全國最大規模的三清宮，並請來我們最德高望重的歸元真人，奉之為道尊，以為天下道門之首。歸元真人乃『散真人』寧道奇的嫡傳弟子，得他坐鎮道尊之位，沒有人敢有異議。即使目中無人如太元之輩，也從不敢挑戰道尊的權威。只恨道尊陽壽已盡，丹清子又離世而去，再沒有人可出鎮全局，光是爭奪道尊之位，已可令道門四分五裂，互相攻戰。」

龍鷹反手握她柔荑，問道：「太元是誰？」

閔玄清道：「太元就是天師道派主席遙，野心極大，常思恢復東漢時天師道的盛況，奉張天師和孫恩爲祖聖，自號天師，沈奉眞就是在他支持下謀奪上清派派主之位。他對道尊之位是志在必得，若得到道門其他人的支援，聖上也很難反對。」

龍鷹道：「此人武功如何？」

閔玄清道：「此人武功直追歸元眞人，現在歸元已去，該算他是道門第一人。」

龍鷹難以置信道：「難道他的武功猶在丹清子之上？」

閔玄清道：「這個很難說。」

龍鷹苦笑道：「怎捨得讓閔大家離開我？」

閔玄清挨過來枕著他肩頭，心疲力累的道：「這句情話還差不多。人家想離開你嗎？只是別無選擇，必須立即趕往西都去，看可否盡點人事。不用擔心你的七美，一切被安排妥當，有喜訊時自有人通知你。快到新潭哩！我們從水路去。你乖乖的給玄清下車，玄清雖從小淡泊世情，卻難以忍受與你分離之苦，不要送玄清上船，就裝作我們從沒有分開過。」

大搜捕開始了。

一隊隊的羽林軍和御衛，策騎衝出皇城和上陽宮，氣氛緊張。

龍鷹在皇城外給御衛截著，領他到仙居院見駕。心忖與武曌的關係愈來愈親密，竟可到連張氏兄弟也不准踏足的禁地，登堂入室的去見她。

武曌躺在一張臥椅上，四個宮娥在爲她推拿按摩，神情有點疲倦，卻多了另一種嫵媚的風情。

宮娥退離內堂。武曌道：「坐到朕身邊來。」

龍鷹坐入她臥椅旁的椅子，道：「眞白拿雄終究鬥不過聖上。」

武曌柔聲道：「這傢伙費了朕很大的力氣，幸好物有所値，朕想知道的都知道了，只問不到大江聯總壇的位置，他應是從沒去過。突厥人竟敢謀朕親兒的命，朕要他們千萬倍的償還。」

龍鷹心中大讚，武曌畢竟是武曌，終於狠下決心，做出英明的決斷。

武曌道：「褚元天和夏侯甘卓均已落網遭擒，現在要搜捕的是分散城內的其他奸黨。」

龍鷹道：「該抓不到多少人，因爲小民已吩咐宋言志，盡力勸他們立即撤離神都。」

武曌道：「你豈非幫了奸黨一個大忙？」

龍鷹道：「最重要是放宋言志走，讓他可以繼續當臥底，又可借此爲大江聯立功。」

武曌道：「你不怕將來扮范輕舟，會給今天逃掉的奸黨識破？」

龍鷹道：「對大江聯來說，這批嘍囉是外人，根本沒有到總壇去的資格。哈！褚元天在宮內，別人想通知他逃走亦辦不到，但夏侯甘卓在宮外，理該可及時溜掉。」

武曌懶洋洋的道：「你知會宋言志是多久前的事？」

龍鷹答道：「約在個許時辰前。」

武曌冷笑道：「夏侯甘卓於半個時辰前入宮找褚元天，給朕派往抓褚元天的人碰個正著，過庭親自出手拿下他。他走的該是死運。」

龍鷹心忖夏侯甘卓該是接納了宋言志全面撤走的建議，入宮來通知褚元天，故被一網成擒。夏侯甘卓如此失策，皆因從沒想過眞白拿雄竟是被生擒活捉，更沒想到他捱不了半天，連老爹姓甚名誰都招了出來。

武曌忽然道：「那天你說過笨人出手，這個猜想是如何得出來的？」

龍鷹皺眉苦思，道：「現在回想起來，這個念頭並沒有事實支持，純然衝口而出。」

武曌道：「這就是魔種的靈覺天機，沒有道理可言。今次突厥人如能成功刺殺旦兒，會大舉入侵。如若失敗，將會策動契丹人進犯我境，突厥人則暗中支持，以試探我們失去黑齒常之後的應變能力。假如契丹人得利，突厥人會從西北方揮軍南下，令我們疲於奔命，大江聯則在南方製造動亂，牽制我們。哼！的確好膽。」

接著一雙鳳目煞氣大盛，一字一字的緩緩道：「而不論契丹人、突厥人和大江聯，均會打著復辟中宗的旗號來討伐朕。朕會教他們亡國滅族，絕子絕孫。」

龍鷹道：「小民希望能在三個月內，起行往邊疆去，到了那裡才一邊等待敵人來犯，從容部署，一邊實地練兵。由於我們人數少，該不會惹起敵人警覺。」

武曌沉聲道：「龍鷹！」

龍鷹應道：「龍鷹在！」

武曌凝望他，道：「此仗不容有失，且必須一舉破敵，教突厥人沒有可乘之機。郭元振今晚抵達神都，明早朕會在武成殿早朝時正式任命他爲正將，可領萬兵。你不用到御書房去，改到武成殿來候朕，婉兒會做出安排，讓你和郭元振在朕前說清楚權責。」

龍鷹喜道：「郭老哥終於來了。」

武曌現出笑容，柔聲道：「回甘湯院去吧！朕有份禮物送給你。多帶人雅到城中吃喝玩樂，現在的神都，比過往任何一刻更安全。」

龍鷹一邊嘀咕武曌會送他甚麼樣的禮物，領命離開。

甘湯院隱隱傳來馬嘶之聲。

龍鷹加快腳步，果如所料看到院前包括令羽等在內的十多個御衛，正圍觀一匹神駿至極的黑馬，馬蹄處是雪白的毛，仿似穿上白靴子。

人雅、麗麗、秀清、李公公和一眾婢僕出宅來看馬，非常熱鬧。

令羽迎上來道：「聖上著我們送來的，是聖上的御騎之一，叫蹄踏雪，以後牠就是鷹爺的了。」

御衛將戰馬牽到龍鷹身前，可能由於不習慣新的環境，牠不住噴氣搖頭，暴躁不安，如非御衛扯著馬韁，肯定會踢蹄而起。

令羽壓低聲音道：「眞不明白聖上爲何指定送這匹馬？直至今天，牠仍是野性難馴，我們等閒不敢碰牠，聖上更從未用過牠當坐騎。」

龍鷹湧起奇異的感應，手探出，撫上蹄踏雪的馬鼻，令人難以相信的事發生了，馬兒安靜下來，尾巴「霍霍」擺動。

令羽等全看呆了眼。

龍鷹生出與牠血肉相連的奇異感覺，按捺不住的飛身登上馬背，蹄踏雪前蹄用力，彈跳仰身，發出震天嘶鳴，嚇得令羽等往四外退開去。

蹄踏雪前蹄回地，龍鷹策馬奔出，耳際生風的剎那間已衝出近百丈，又掉轉馬頭奔回去，痛快至極。

令羽喝彩叫好。

龍鷹喝道：「人雅！」

人雅奔下石階，龍鷹策騎迎去，眾人紛紛讓開，人雅還未弄清楚是怎麼一回事，被俯往她的龍鷹抄著腰肢，提上馬背，讓她安坐身前，先策蹄踏雪繞個小圈，又往院外奔去。

蹄起蹄落，蹄踏雪放蹄疾奔，雖負上兩個人，那風馳電掣的速度可不是說笑的，從主道直奔至觀風殿的大廣場，繞了幾個大圈，才往甘湯院奔回去。

人雅興奮得俏臉紅燒，驚呼嬌笑，樂極忘形。

龍鷹回到甘湯院，抱著人雅跳下馬來，叫道：「好馬兒！」然後向秀清和麗麗道：「下次輪到你們。」

兩女拍掌歡呼。

令羽來到正摟著馬頸親熱的龍鷹旁道：「天注定了牠是鷹爺的坐騎。」

李公公來到另一邊道：「上官大家來了，正在堂內等待鷹爺。」

龍鷹將蹄踏雪交給令羽，入院見上官婉兒去了。

第十二章　活的兵書

上官婉兒道：「布囊裡是百兩黃金，請龍大哥查收。」

龍鷹看著圓桌上重甸甸的囊袋，記起武曌不久前說過囑他帶人雅到宮外玩樂的建議，原來有後著，就是眼前豐厚的餽贈。目光轉到上官婉兒的如花玉容，不解道：「此等差事，何用勞煩上官大家？」

上官婉兒正襟危坐，歎氣道：「這個怕要問聖上才有答案。」

龍鷹微笑道：「婉兒因何歎息？」

上官婉兒白他一眼，道：「因爲婉兒有送羊入虎口的感覺。」

龍鷹失笑道：「多得美人兒你提醒我，哈哈！爲何婉兒一點不緊張，是否正深深享受在虎口下的感覺？」

上官婉兒含笑道：「因爲婉兒發覺這頭猛虎與別不同，在虎穴裡反失去虎性，所以婉兒在這裡是最安全的。」

龍鷹道：「婉兒確是審時度勢的高手，知道老子不會用虎口啣著你回房去大快朵頤，只能豎起虎耳，覷準婉兒落單的一刻，大佔婉兒的便宜。」

上官婉兒道：「不要唬人家哩！若你眞要對人家不守規矩，昨天婉兒早失身於你。看看吧！婉兒現在不是完好無恙嗎？」

龍鷹哂道：「上官大家太不明白老子了，還記得老子如何對付戈宇嗎？第一步是留手，第二步是落重手，第三步是讓他自動投懷送抱。明白嗎？」

上官婉兒嬌笑道：「還要嚇唬人家。好吧！現在你立即隨婉兒回府去，你愛對婉兒幹甚麼便幹甚麼，但必須答應明早才回來。龍大哥尊意如何？」

龍鷹心忖若這麼不顧三位愛妾而去，徹夜不歸，不管她們的容忍度有多大，肯定很不開心。頹然道：「你這頭羊兒眞不簡單，明白老虎的爲難處。幸好來日方長，哪怕和上官大家沒有眞個銷魂的機會！」

上官婉兒道：「可以談正事了嗎？」

龍鷹訝道：「有甚麼事這般重要？」

上官婉兒肅容道：「事關機密，龍大哥心中有數便成。明天一個以突厥人爲首，包括塞外多個民族的使節團，將抵達神都，魏王徵得聖上同意後，雖放出風聲，但卻將聯合使節團到神都的日期保密，直至魏王向梁王提出把使節團的重要成員列入後天晚宴的邀請名單中，梁王方曉得此事，著人家來通知龍大哥。」

龍鷹像沒有聽到般，道：「晚宴後小弟可否到上官大家的閨房度夜？」

上官婉兒嬌嗔道：「可以正經點嗎？梁王擔心魏王此著是針對你而發呵！」

龍鷹不悅道：「只說梁王擔心我，婉兒不關心老子嗎？」

上官婉兒垂首道：「婉兒是女兒家嘛！你總是不肯體諒人家。」

龍鷹投降道：「算老子怪錯你。咦！你幹甚麼？」

上官婉兒離開座位，幽怨地瞅他一眼，道：「惹得龍大哥生氣，婉兒只好及早離開。」

龍鷹移到她身前，恨不得把這個香噴噴的美人擁入懷中，親憐密愛，卻是不敢逾越，道：「是我不對！讓小弟送上官大家上馬車。」

上官婉兒「噗哧」笑道：「鷹爺竟肯認錯，教婉兒意想不到。鷹爺要婉兒晚宴後侍寢沒有問題，但看在江湖道義分上，不得不提醒鷹爺，那晚恐怕鷹爺分身乏術啊！」

說罷擦身而過，香肩輕碰他一下，朝院門方向舉步。

龍鷹一邊心中細細品味她的弦外之音，一邊殷勤送客。又記起胖公公對他的忠告，這個美人兒果然是不好惹的。

回到後院，三雙美目齊往他投來，令他頗有原形畢露的感覺，幸好沒和上官婉兒幹過任何事。隨手將黃金放在櫺子上。

他剛坐下，麗麗來個投懷送抱，坐到他腿上去，伏到他肩頸嗅吸幾下，接著於他的視線不及處，豎起拇指，向人雅和秀清打手勢，兩女登時喜動顏色，過來爭相獻媚，讓他享盡豔福。

龍鷹絲毫不怪責她們，這是一種微妙的心態，如果他視三女如無物，在家中與上官婉兒親熱調情，會認爲龍鷹不尊重她們。

飯後，龍鷹帶三女到宮外長廊散步，讓她們飽覽都城兩岸迷人夜景。走在長廊上，憶起美修娜芙的歌舞和熱吻，看著三女歡欣雀躍的指點往來不絕的船隻，又比對荒谷石屋時的生活，百感交集。

龍鷹向挽著他臂膀的人雅道：「還未看過俏人雅的歌舞呵！」

人雅喜孜孜的道：「你沒有時間看嘛！待會回家，人雅給夫君大人看個飽。」

龍鷹大樂道：「爲夫要俏人雅一邊歌舞，一邊寬衣解帶。」

麗麗笑道：「夫君大人是投人雅所好，她不知多麼喜歡寬衣給夫君大人看。」

人雅大窘道：「你呢！你不喜歡嗎？」

鬧了一會後，來到長廊盡端，龍鷹擁著她們止步道：「明天你們把尺寸交給李公公，各造三套騎射服和馬靴，好讓你們學習馬術。」

三女興奮歡呼，不知多麼高興。

龍鷹想起不久便要遠征塞外，不知何時方可和愛妾重聚，而她們是那麼的需要他，不由暗自神傷腸斷，又不可露於形色。

是夜甘湯院後院變爲舞榭歌臺，三女使盡渾身解數，向夫君大人表演歌舞。麗麗和秀清已是非常出色，但人雅別具一格的體態、美貌和聲線，令她的歌舞明顯地勝上她們不止一籌。她帶著童稚的嗓音，純淨潔美，縹緲優雅，如雲似水，脫俗神秘。隨著她的舞姿，東一簇、西一抹的，吟唱出既似伸手可掬，又是遙不可觸的情歌。

那晚當然是極盡男女之歡，魚水之樂。翌日絕早，龍鷹策蹄踏雪馳出上陽宮，趁人少車稀狂奔於定鼎大街，出城門，放騎平野山林，憑著魔種的靈異，人和馬化爲不可分割的整體，記起當日被莫問常一方追殺，兩匹戰馬先後被射殺和力盡而亡的往事，心內充塞椎心的悲痛，暗自立誓拚死也要保護胯下愛騎，不讓牠在戰場上受到任何傷害。

自然而然，他的魔氣貫注蹄踏雪每寸肌肉筋骨，乖馬兒仿似得到魔種的靈性，毫不費力做到所有他心想的事。

回城後人車大增，龍鷹放緩馬速，快抵天津橋，小魔女策著她的愛馬黑兒，飛快從後方追上來。

龍鷹笑著向她打招呼道：「小魔女大姐你好！」

狄藕仙一臉不依的神色，道：「這幾天你這小子滾到哪裡去？最可惡的是前晚，明知人家有參加天女遊宴，卻故意開溜，仙兒恨死你。」

龍鷹哂道：「還敢來說我，只不過說了句要你嫁我，立即一溜煙的逃個無影無蹤，害老子在你老爹前顏面無存。老子面皮雖厚，怎都知點廉恥，小魔女既看老子不入眼，老子還要去自討沒趣？」

小魔女苦惱道：「人家不是不願嫁你，可是仙兒還未玩夠呵！你是最可惡的笨蛋。」

龍鷹呵呵笑道：「原來如此，那大小姐是鐵定嫁小弟哩！只是個遲早的問題。對嗎？老子沒聽錯吧！」

兩人並騎走上天津橋。

小魔女羞紅嬌嗔道：「人家只是打個比喻，休要想歪。」旋又嘻嘻笑道：「你這匹馬兒從哪裡來的，是否剛從城外回來？明天我們比拚騎術如何？」

龍鷹欣然道：「比拚甚麼都可以，只要你肯將剛才那句令我想歪了的話，再說一次。」

天津橋盡，他們朝皇城的端門緩騎而行。

小魔女瞇著眼皺起鼻子向他裝鬼臉，道：「說便說！人家不是不願嫁你，但是你這小子如此可惡，如果仍是死性不改，教人家如何嫁給你。嘻嘻！」

龍鷹知她雖然多加了條尾巴，將最精彩一句的意思扭轉，但以她的脾性來說，已代表有限度的屈服，非常難得。策馬停定，笑道：「我的耳朵該出了問題，只聽到第一句，嘿！早嫁遲嫁都沒關係，老子何時興起就向國老提親。哈！還有的是，老子會預支和未來嬌妻的親熱溫存，令大姐你處處中招，大姐最好心裡有數。哈！老子要返皇城辦公哩！」

狄藕仙跺足嗔道：「中招便中招，還未說好呢。」

龍鷹一頭霧水道：「還未說好甚麼？」

狄藕仙小耳根赤紅，罵道：「死龍鷹！死蠢蛋！」

龍鷹終於會意，道：「明天城開，老子在城外等我的未來嬌妻。」

狄藕仙橫他嬌媚誘人的一眼，逕自去了。

龍鷹得知小魔女眞正心意，滿空陰霾盡消，心情暢美的抵達武成殿，殿外的大廣場停滿馬車，早朝仍在進行中。

榮公公迎上來道：「上官大家仍在殿內，郭將軍則在內殿恭候鷹爺大駕。」又使人伺候蹄踏雪。

龍鷹隨榮公公沿繞殿長廊，往內殿的方向走，道：「設法通知胖公公，這處事了後，我會到大宮監府找他。」

榮公公欣然答應，道：「鷹爺為留美等做的事，令我們非常感動。」

龍鷹心中一動，問道：「如果我想弄國老的千金到上陽宮去，該怎麼辦？」

榮公公道：「最直接的，是得到聖上賜准。但如只一次半次，鷹爺逕直帶她入宮便可以了，誰敢攔阻鷹爺？也不會有人敢通知聖上。很大機會聖上會將告密者斬了。哈！」

龍鷹開始感受到自己在宮內的威勢。點頭表示明白。

甫踏入大殿，一個身穿將軍服的彪形大漢離座而來，伸出雙手與他緊握，激動的道：「鷹爺是怎樣的一個人，國老已和末將說個一清二楚，大恩不言謝，郭元振願為鷹爺效死命。」

郭元振乍看有點像陸石夫，不過比他高上幾寸，只矮龍鷹少許，面相粗豪，雙目精芒電射，不單顯示出他精湛的武技，且是精明厲害、一無所懼的超卓人物，難怪求助於狄仁傑和張柬之時，兩人都不作第二人想。

榮公公知機告退。

龍鷹對這眞性熱血的漢子，打心底歡喜，牽他到一旁坐下，道：「將軍不是我的下屬，而是我的兄弟，大家並肩作戰，不但要粉碎外族的入侵，還要將突厥連根拔起，你的想法就是我的想法。將軍對契丹人有甚麼認識？」

郭元振訝道：「爲何不是突厥人而是契丹人？」

龍鷹道：「因爲我們掌握確切情報，契丹人在短期內大舉來犯。」

郭元振大喜道：「若眞是如此，我們可從容部署，對敵人迎頭痛擊。」

接著道：「契丹人悍勇善戰，但現時人數遠及不上突厥，故而無力擴展國土。太宗時，契丹大酋窟哥率各部落歸降我朝，我們遂於其地設置松漠都督府。窟哥死後，契丹曾與奚聯合叛變，被我朝派兵討平。但到窟哥孫盡忠得勢，又來寇邊，我軍屢戰屢敗，究其原因，皆因契丹出了個無敵猛將孫萬榮，此人智勇兼備，不可小覷。」

龍鷹聽得矛塞頓開，道：「對付契丹人，有何妙法？」

郭元振像變成另一個人，侃侃而談道：「外族最可畏者，不是其平原野戰難擋的鋒銳，而是一旦失利，可遠撤草原大漠深處，休養生息後再次來犯。契丹與奚，唇齒相依，時戰時和，到孫萬榮崛起，不時以不同藉口，向奚敲詐苛索，令奚人非常不滿，如果我們可聯奚制契丹，包保可將契丹滅掉。」

龍鷹拍腿叫絕，又問道：「今次是要憑三千奇兵克敵制勝，郭老兄有何看法？」

郭元振道：「只從此點，可看出鷹爺是知兵的人。且國老指出，只鷹爺一人，已勝比千軍萬馬，何況還有名震天下的風過庭和萬仞雨。」

龍鷹道：「不要誇小弟，要到戰場上才見眞章。這三千精騎該如何處理？」

郭元振道：「若依我朝編制，一府轄四至六團，每團兩百人，設校尉統率。每團轄兩旅，每旅一百人，置隊正。每隊五夥，每夥十人，設夥長，此爲正規編制。不過末將卻愛用李靖的『結隊法』。每一大隊合五中隊，五十人爲之；中隊合三小隊。最重要的是隊友之間心意相得，如此方能將士歸心，如臂使指。不過最後如何編制，由鷹爺決定。」

龍鷹道：「當然用老哥最愛用的編制。這三千人將是隨郭老哥轉戰北疆的班底，我們三人沒有任何官職。嘿！聖上有沒有擢升老哥呢？」

郭元振道：「末將給革職時是副將，現升爲主將，全拜鷹爺所賜，令末將不致辜負平生所學。」

龍鷹道：「將軍究竟分多少級？」

郭元振道：「大致可分大將、主將、副將、偏將和裨將五級，不過同一級內也有不同的封號和等級。」

龍鷹興致勃勃的道：「一切依賴老哥。三千精兵可在甚麼地方挑選？最重要的是避過敵人探子耳目，直到我們奇襲敵人，敵人才如夢初醒，曉得有這麼一支精銳部隊。」

郭元振道：「如蒙聖上賜准，我會到北疆去挑選慣於在塞外作戰的悍勇者。張老答應末將要甚麼有甚麼，餉銀加倍，不論兵器、弓弩、火器、甲冑、戰馬、糧草、醫藥都挑最好的給我們。我郭元振立誓如果這樣都打不贏這場仗，願以一死謝罪。」

龍鷹心忖若自己是活著的《道心種魔大法》，郭元振便是活著的兵書。更有個直覺，中土將來的安危，全繫於眼前猛將的身上。笑道：「郭老哥說起戰爭，便如我要去比武交鋒般興奮。」

郭元振壓低聲音道：「國老指只有鷹爺可說服聖上，讓我們可放手而爲，不像以前般畏首畏尾。」

龍鷹道：「今次是全騎兵的戰隊，編制上有不同嗎？」

郭元振道：「最大的分別，是『馬皆有副』四個字，每個騎兵擁兩匹戰馬，交替而騎。戰馬的訓練更要嚴格，除能高速奔馳外，還要求跳躍、臥伏、渡水、上坡，能在戰場交鋒的千變萬化中，熟練地聽從騎手的指揮，配合得天衣無縫。所謂『前後左右，周旋進退，越溝塹，登丘陵。冒險阻，絕大澤，馳強敵，亂大眾』是也。」

掌聲從殿外傳來，武曌的聲音響起道：「說得精彩！」

「聖上駕到！」

第十三章 神兵利器

武曌登上龍座，令一眾隨從退出內殿，只留下上官婉兒侍立身後，向仍跪伏地上的郭元振道：「卿家平身！」

郭元振直立垂首。

武曌道：「賜坐！」

郭元振大嚇一跳，道：「臣將站著。」

本已坐下的龍鷹不好意思的站起來陪他。武曌亦不勉強，道：「告訴朕，如何可以將突厥人連根拔起？」

今次輪到龍鷹給嚇一跳，這個題目太大了，教郭元振如何回答？

豈知郭元振想也不想，變成另一個人似的，昂然答道：「首先是鞏固邊疆，以臣將以前駐守的涼州疆界為例，南北不過四百餘里，北有突厥，南有吐蕃，如若來犯，每殺至城牆下，令百姓苦不堪言。但如能在兩邊築衛城，以重兵駐守，不但可佔據邊疆的戰略要地，更可拓展州境，令外敵難以深進。另一方面可使戍軍閒時開置屯田，令生產蓬勃，當百姓富裕，軍糧儲積充足，始可言對敵用武。敵不能攻我，故我能攻敵。聖上明察。」

武曌沉吟片刻，倏地龍目異芒大盛，先望龍鷹，然後目光移到郭元振身上，斷然道：「此戰若勝，朕就封郭卿為幽州都督，絕不食言。」

郭元振撲跪地上，高呼萬歲。

龍鷹不曉得幽州都督是甚麼東西，但看武曌如此煞有介事的許諾，郭元振則歡喜如狂，可知定然非同小可，且是郭元振的夢想。

武曌又道：「朕今天還有很多事情處理，郭卿去見張柬之大人，放膽說出你的要求。龍先生和郭卿都是性情中人，肯定可合作無間。可是郭卿須銘記心頭，每當陷於絕境，不論龍先生的提議表面看來多麼荒謬，郭卿定要絕對相信龍先生，不許有絲毫猶豫。退！」

龍鷹和郭元振施禮告退。

離開武成殿，約好再次見面的時間地點，郭元振往見張柬之，龍鷹則策騎到大宮監府去。

胖公公坐在中園的涼亭裡，手執煙管，吞雲吐霧，兩個俏宮娥分立他後方左右，為他推拿肩背。

龍鷹在他對面坐下，道：「幽州都督是甚麼？」

胖公公道：「幽州在神都之北，北枕長城，東臨渤海，而為幽州都督者，必兼河北道節度使。如果你仍不清楚幽州的重要性，公公可以告訴你，外族若要入侵，必須攻陷幽州，然後一個月內可殺至神都城下。」

使退兩婢，道：「發生甚麼事？」

龍鷹遂把這幾天內的事一一奉上，胖公公聽罷，放下煙管，道：「隨公公來！」

廣闊的空間內，兵器架排列成陣，放滿各式各樣的兵器，刀、槍、劍、戟、棍、棒、槊、鉤、斧、鉞、鏜、鈀、鞭、鐗、錘、叉、戈、矛等十八般武器外，還有飛鉤、飛撾等奇門兵器。弓、甲冑、盾等式式俱備，數以千計，看得人眼花撩亂。

龍鷹喚道：「我的娘！」

胖公公先囑小太監把大鐵門關上，挺著肚腩負手悠然道：「眼前所見就是戰爭的工具，是漫長戰爭歷史的具體反映，亦代表兵器工藝的發展，每一種形態，均是千錘百煉下的成品，智慧的結晶。看它們，我們需抱恭敬之心。」

龍鷹驚歎道：「想不到國庫內藏有這麼多神兵利器。」

胖公公道：「太宗皇帝最愛收集兵器，加上外來的貢品，民間的捐獻，數目遠不止此數，有部分經賞賜等形式送了出去，否則多幾個殿堂仍容納不下。但說到神兵利器，這些仍夠不上級數。像飛天神遁和袖裡乾坤，另有藏處。」舉步便走。

龍鷹跟在他身後，左顧右盼，目不暇給。

胖公公笑道：「有沒有能令你心動的寶貝？」

龍鷹搖頭道：「仍未有感覺。」

胖公公道：「天下間，恐怕你是最有資格品評庫內所有武器的人，魔種的確神通廣大，竟在法明親率四大弟子圍攻下，不但給你脫身而去，還給你傷了幾個人，第二晚即偕端木菱那丫頭大鬧淨念禪院。看著濃煙沖天，公公已知必是你幹的好事。打鐵趁熱，明天那丫頭出關，定要再接再厲，向她展開全面攻勢，務要粉碎她對魔種的抵禦力，收得她帖帖服服，那將代表聖門徹底的勝利。」

龍鷹苦笑道：「我倒沒公公那麼樂觀，仙心難測，仙法更難防，我有張良計，她有過牆梯，否則那晚早和仙子成其好事。她忽然閉關三天，正是對付我的仙家手段。他奶奶的！」

胖公公領他來到庫內一道上了鎖的大鐵門前，上有橫木匾刻上「神兵庫」三個大字，下款是「李世民敬題」。

胖公公道：「仙子對你情根深種，否則怎肯讓不能觸碰的仙軀任你摟抱親熱？為何不可以從樂觀處去想，她正力圖以仙胎促進玉成你的魔種，到時機成熟，心甘情願將仙胎交入你的魔手中，任你品嘗？哈！想想都令公公心花怒放，聖門仍是前途無限。」

龍鷹歎道：「可惜成也聖門，敗也聖門，先不說我能否鬥得過武曌，法明復元後，第一個要找的肯定是我。」

胖公公哂道：「我們的邪帝怕過誰來？道心種魔更是聖門之最，武曌和法明適足是催魔的最佳材料。」

又道：「純比武力，當然不是武曌對手，可是你這小子渾身法寶，運氣又好，令武曌不得不倚重你，現在你跪地哀求她向你施展奼女大法，她也會斷然拒絕。唉！誰比公公更明白她？首要之務，正是要保她的江山，其他一切，暫擱一旁。」

說畢掏出鑰匙，開鎖推門，進入神兵庫去。神兵庫的空間只有主兵庫四分之一大小，但已非常可觀，陳設逾千件各式兵弓盾甲。龍鷹心神一震，連跨數步，來到一個兵器架前，道：「我的娘！這是甚麼東西，如此怪誕？」

胖公公好整以暇來到他旁，道：「你覺得古怪，皆因不曉得這兩支分別長八尺半和六尺，關刀非關刀，似戟非戟的兵器，事實上是可二合爲一的奇門兵器，也是罕有的組合兵器，最長可達一丈二尺，還可以調校至最短的九尺，重七十斤，以純鋼摻和特異的礦石，經烈火淬煉打製而成。不過極難使用，太宗皇帝曾有口諭，除非能發揮此器的特性，否則不准拿離國庫，所以直到今天它仍被幽禁於此。」

又試探道：「你對它有特別的感應嗎？」

龍鷹舉起兩手，「鏗鏗」兩聲，兩支長短粗細不一的兵器，從架裡彈跳出來，落入他掌握中。一端是戈和矛的混合體，尖錐加橫刀，具有勾、啄、撞和刺的效能；另一端像關刀和刀的合體，不過卻是波捲形的寬直刃，刃頭鋒利如劍尖，不論用砍、劈、削、刺，均有靈動如神，可千變萬化的奇效。現在分執兩手，則爲可各自單獨使用的奇門兵器。如此一器之中，暗藏十八般兵器的所有效能，是龍鷹想也沒想過的。

龍鷹發出震庫狂笑，氣勢陡增，道：「此正爲本邪帝仗之以縱橫戰場，殺敵制勝，破契丹滅突厥的神兵利器。」

胖公公知他登入魔極之態，往後飄退，消失在一排兵器架後，不旋踵又回到龍鷹身前丈許處，右手握著把特大的厚背刀，另一手持著古怪的圓形步盾，擺開架式，雙目異芒爍閃。

龍鷹轉過身來，長的奇器扛到肩頭上，短的奇器垂在一邊，自然而然便有一種人器配合得天衣無縫的意味，雙目魔芒大亮，以胖公公的修養，亦見之心寒。

龍鷹從容不迫的打量胖公公的刀和盾，訝道：「這把是甚麼刀？竟重達百斤，比老子的怪兵器更重，且是烏光閃閃的，天下間竟有這麼奇異的刀。」

胖公公苦笑道：「還是邪帝老哥你在行，不但一眼猜出它的重量，還可看到它烏光閃閃，公公便甚麼都看不到。此刀的原材料來自從天上降落於南詔的一塊怪石，南詔王將它獻給李世民，當作天大吉兆。李世民命宮內鐵匠將它煉而成器，確是夠鋒快了，可是百斤之刀誰吃得消，故只得留在庫內作觀賞用。因它從天而降，故名之為『天刀』，也有向宋缺那把眞正天刀致敬之意。」

龍鷹傲然道：「天刀今天終遇上它的眞主，公公想不給老子也不成。哈哈！你持的圓盾似盾似甲，重一百二十斤，軟硬兼具。他奶奶的，若將所有這些重東西帶上戰場，馬兒要多負重三百斤，如何吃得消？」

胖公公終成功抵著他君臨天下般的磅礴氣勢，變得氣定神閒，緩緩道：「韋師當年告訴公公，少帥寇仲和徐子陵曾化身太行雙傑陪李淵與波斯人打馬球，其馬技超凡入聖，可令馬兒脫胎換骨，能其之所不能，事後苦思良久，方悟出他們注眞氣入馬體之法，只恨知易難行，沒法辦到，但肯定難不倒我聖門最超卓的邪帝。」

龍鷹忽然道：「最超卓的尚未輪到本帝，公公可知你幾句說話，已足令我的蹄踏雪變成天馬。哈！棒極了。」

胖公公道：「我這張盾，來自太宗時代的箭大師，本是贈給為他雪血海深仇的少帥寇仲，豈知寇仲白馬之盟後，歸隱嶺南，只好改為獻給太宗。此盾以鋼絲絞捲成線，編織而成，作盾時需貫注真氣，使其變硬，不作盾時可穿在身上當護胸背的甲胄。」

接著大喝道：「來！」

龍鷹笑道：「正有此意。」

隨著身子移前，左右長短兩兵像兩道閃電般朝胖公公打去，胖公公吆喝一聲，左盾擋開他長器的當胸一刺，天刀疾劈。

金鐵交擊聲震徹神兵庫，火花濺射。

胖公公被魔勁衝得連退三步，但也將龍鷹的攻勢氣焰硬壓下去，令他沒法乘勢追擊。

龍鷹大樂道：「想不到公公盾法刀術，如此了得。小心呵！」

話猶未已，兩手分別展開不同的技法和攻擊，像兩個人般長江大河似的攻打胖公公。當軟硬盾擋上長器，會發出「篤」的一聲，另一邊則是「鏗鏘」不絕，一時「錚篤」之聲不絕如縷，火花如煙花盛放，場面火爆目眩。到百招之後，胖公公不住敗退。

龍鷹佔著主攻之勢，說走便走，抽身退後。

胖公公仍被他的魔氣鎖緊鎖死，但終是魔功深厚，略一調息，回復過來。苦笑道：「甚麼長江後浪推前浪，原來眞不是騙人的。」

「錚！」

長器以閃電的速度插入短器裡去，精準得使人難以置信，龍鷹又賣弄的利用器身的凹位和凸牙拉長縮短，千變萬化，最後調節至最長的一丈二尺，手執正中，往胖公公攻去。

胖公公使盡渾身解數，勉強擋著他的幻變無方、奇招怪式層出不窮的三十多招，終告後力不繼，往後飆退。

龍鷹當然不會追擊，哈哈笑道：「公公尚未說出此雙端奇器的來龍去脈。」

胖公公喘息道：「不是不想說，而是無可奉告。當年李世民攻克洛陽，從王世充處得此奇器，不旋踵王世充遇襲身亡，有關此器的事不了了之。」

隨手將天刀朝他拋過來，龍鷹一手接著，失聲道：「我的娘！眞的墜手。」向胖公公咧嘴笑道：「擋我一刀如何？」

胖公公大吃一驚，步盾變軟，給他捧著來到龍鷹身前，歎道：「你最好找萬仞雨或風過庭那兩個小子給你試刀，剛才推拿的功效全給你硬生生打走，變得腰酸背痛。俯身！」

龍鷹將兵器擱放旁邊的兵器架處，俯頭，胖公公將變成軟甲的盾子由頭套下去，化爲前後一副的鏈子護甲，直蓋至腰下，非常稱身。

龍鷹嘖嘖稱奇，胖公公一邊爲他扣緊，邊道：「看來你和少帥寇仲的身材差不了多少，所以貼體合身，像專爲你而製一樣。」

龍鷹大喜道：「有這護身寶貝，不怕刀斧臨身哩！」

胖公公道：「你如不氣貫寶冑，給人劈得骨折肉裂莫要怪我。」

龍鷹道：「明白！這件東西叫甚麼名字？」

胖公公道：「箭大師名之爲『百變』，是否名副其實，須你去揣摩領悟。」

又道：「來！還有一樣絕不可缺的東西。」

龍鷹隨胖公公往神兵庫一端走過去，道：「天刀、百變，就只剩下那怪東西沒有名字，取個甚麼名字好呢？最好要威風一點，叫起來似個模樣，敵人喊『看槍』時，小子叫看甚麼東西好呢？」

胖公公莞爾道：「眞給你笑死！這東西非槍非矛非戟，實在難以名之，待公公爲你想想吧！」

靠牆處置一几，上放雕著龍飾的精緻木盒子，長兩尺寬尺半，神秘兮兮的。

龍鷹大訝道：「難道是暗器？否則怎能裝進盒子裡去？」

胖公公歎道：「你眞是有眼不識泰山。盒內裝的，是少帥寇仲除井中月外，藉之縱橫塞內外的超級武器，可殺人於無影無形間，你自己打開看吧！」

龍鷹伸出雙手，恭敬地掀開盒子，劇震道：「我的老天爺！這才是我夢寐以求的異寶。」

胖公公大訝道：「很多人拿上手把玩仍弄不清楚它是甚麼東西，你竟能一眼覷破玄虛？」

龍鷹雙手小心翼翼的將仿如玩物、結構精巧的怪東西取出來，再改爲一手抓著，移到身側。

機栝聲響，金屬結構伸展擴張，玩魔法似的變成一張大弓，金光閃閃。

龍鷹長笑道：「棒！棒極了！今天就像入寶山，滿載歸。」

胖公公像看怪物般將他由頭看到尾，道：「這是箭大師精製的三張摺疊弓之一，一張隨跋鋒寒到了塞外去，一張不知所終，你手上的一張屬寇仲所有，贈予李世民。」

龍鷹大奇道：「這麼方便好用的神弓，爲何仍留在庫內發霉？」

胖公公道：「試拉拉看！」

龍鷹隨手拉弦，連拉十多次，次次張如滿月，不解的往胖公公瞧去，道：「有何特別之處？」

胖公公驚訝得合不攏嘴，好一會嚷出來道：「你是否仍可算人？其他人坐馬沉腰，吐氣揚聲，始拉得開一次半次。這至少是二千石的弓，你卻像看書揭頁般的輕鬆容易。」

龍鷹笑嘻嘻道：「可能我是天生吃戰爭這碗飯的。嘿！從這裡拿了這麼多有歷史價值的東西，武曌會否不高興？」

胖公公好整以暇道：「放心！待會我去和她打個招呼。脫下你的百變，穿著這東西走出去，別人會以為你瘋了。待會公公會使人把這批上戰場的好拍檔送到甘湯院去。」

龍鷹扯著胖公公的衣袖道：「小子有一事求公公。」

胖公公訝道：「說吧！」

龍鷹言辭懇切的道：「我不在時，請公公照顧人雅她們。」

胖公公道：「不用你求我，公公也會這樣做。在上陽宮發生的每一件事，沒有一件能瞞過公公。」

龍鷹大喜道謝。

第十四章　美麗誤會

龍鷹策騎沿神道馳返上陽宮，剛進皇城，給風過庭攔途截著。躍下馬來，笑道：「公子別來無恙。」

風過庭細看他的神情，道：「你可知閔玄清到西都去了。來！一邊走，一邊說。」

龍鷹放開馬韁，讓蹄踏雪跟在身後，道：「我還送她一程。咦！到哪裡去？」

風過庭回頭瞥蹄踏雪一眼，道：「好小子，竟能收得蹄踏雪帖帖服服的，教人驚異。此馬野性難馴，我試騎過牠一次，雖未像其他人般被掀下馬來，但牠始終不肯就範。現在去皇城軒，國老在等你。」

龍鷹忍不住問道：「玄清今去西京，為了道尊仙遊的事，關乎道門紛爭，有凶險嗎？」

風過庭道：「道尊仙去的事，轟動神都，但因道尊一向支持中宗復辟，所以聖上只循例發出訃聞，沒有下旨舉國致哀。玄清在道門有很高的地位，暫時該沒有危險，可是一旦道尊之位爭持不下，情況失控，將難以猜估。聖上和武氏子弟一向支持天師席遙，令情況更趨複雜。」

龍鷹明白過來，不用說席遙是站在擁武氏子弟的一方，所以道尊之爭，變成政治的鬥爭。

皇城軒位於皇城西南隅，接近上陽宮，是一座兩層高的木構建築，規模宏大。與八方館不同處，於二樓設置廂房，由於木質特異，有良好的隔音功效，故廂房清幽寧靜，說密話不虞被人聽到。狄仁傑所在廂房位於一端，門外有親衛把守遠近，見兩人到，先報上狄仁傑，方讓兩人進入。

龍鷹想不到的是除狄仁傑外，張柬之、郭元振和萬仞雨都在座，似個機密會議多於午膳的聚首。

在圓桌旁坐下，萬仞雨爲兩人斟茶，狄仁傑笑道：「先吃點東西，論菜式，皇城軒更勝八方館。」

張柬之拈鬚微笑，道：「八方館因要網羅天下名菜，所以不若皇城軒只攻地道菜式。專怎都勝過雜，只有我們的鷹爺例外。」

龍鷹忙說不敢當，舉杯向各人敬茶，眾皆舉杯回敬，氣氛融洽。佳餚奉上，吃到一半，狄仁傑轉入正題，道：「老夫是代元振問龍小兄，元振百思不得其解之事，是小兄怎能那麼肯定，契丹人將於短期來犯？」

郭元振不好意思的坦言道：「不是懷疑鷹爺的判斷，而是此事關係重大，牽涉勝敗。」

龍鷹欣然道：「箇中內情，正要向國老和張老稟上。」遂將前晚如何擒下奸細，接著藤纏瓜、瓜纏藤的搗破敵人陰謀，擒下眞白拿雄的事說出來，當然瞞著自己戴面具和武曌親自出手的事。

郭元振首先動容道：「眞白拿雄是突厥的厲害人物，鷹爺能把他生擒活捉，非常了不起，此人是出名的硬漢，怎肯吐實，其中會否有詐？」

龍鷹大感頭痛，難道告訴他武曌向眞白拿雄施展搜心竊魂之術？只好胡謅道：「眞正的情況，我並不清楚，聖上只暗示出動了奇人異士，以制神之術，先迫得北市被擒的那個傢伙如實招出當晚敵黨的密會，後又令眞白拿雄吐露內奸的身分和突厥人的陰謀。事屬機密，但爲堅定張老哥的信心，不得不說出來。」

他最聰明處，是將從北市擒獲的傢伙和眞白拿雄連在一起說，北市傢伙的口供已被證明是千眞萬確，眞白拿雄的口供當亦是事實。

郭元振現出釋然之色，雙目光芒大盛，顯示對未來與契丹人之戰大添勝算。

狄仁傑與張柬之交換個眼神，後者道：「聖上不肯吐露這位懂制神之術的高人，大概與上陽宮女觀的觀主有關係，事屬聖上欲隱之秘，不宜深究。」

龍鷹心忖張柬之說的該是過世了的媎媎，沒有放在心上。

狄仁傑欣然道：「那老夫尚未多謝小兄，如不是給你識破陰謀，仙兒大有遭劫的可能，因爲敵人確有足夠實力。」

又精光閃閃的打量他，道：「龍小兄怎會這麼巧剛好身在北市？」

風過庭笑道：「龍兄坦白點說出來吧！別忘記你離開北市時，碰上在下呵！早在你來之前，在下已將你當晚的解釋告知國老，國老也清楚藕仙當時正在北市遊玩，但在下卻沒法解釋爲何龍兄會暗伴藕仙小姐之旁。」

龍鷹曉得風過庭是向他盡朋友道義，教他不可胡言亂語，只可從實招出。心忖這個誤會眞大，令人覺得他好像吊靴鬼般暗跟小魔女，老臉一紅道：「這個！這個！是這樣的，當我正要到如是園去，快到天津橋，見一個傢伙似要避開刑捕房設於橋頭處的關卡，鬼鬼祟祟的掉頭回來，於是暗躡他身後，直至他進入北市的店鋪，剛好藕仙小姐來了。哈！就是這樣子。」

萬仞雨忍不住笑道：「這叫欲蓋彌彰，除非那傢伙是盲的，否則怎會看不見高大威猛的鷹爺？又怎可能認不出你是誰？」

龍鷹給他搶白得張口無言，好半晌囁嚅道：「或許他眞的不認識我！」

廂房內爆起震天哄笑。

狄仁傑一副老懷歡慰的神態，道：「龍小兄暗中保護小女之恩，老夫不會忘記。」

眾人笑得更厲害了。

龍鷹還有甚麼好說的，除非將醜面具一事抖出來。

張柬之道：「難怪昨夜刑捕房的人大舉出動，原來是依眞白拿雄的口供搜捕疑人。」

龍鷹道：「褚元天已落網。」

狄仁傑爲之動容，向郭元振道：「契丹人入侵一事，再不用有懷疑。」

郭元振精神大振，道：「事不宜遲，今晚末將起程往幽州，婁帥與末將一向關係良好，當年末將被革職，他還爲我說過好話，今次必得他全力支援。末將有把握在一個月內成立這支精騎部隊，再用兩個月時間日夜操練，加上張相的大力支持，即可開赴戰場。」

狄仁傑擔心的道：「三個月不嫌太倉卒嗎？」

郭元振胸有成竹的道：「我用的是曾與末將並肩作戰的精銳，不用操練立可上戰場，只是怕未符鷹爺的要求，所以再加訓練。」

萬仞雨興奮的道：「我們是否三個月後到幽州與張帥會合？」

郭元振道：「鷹爺是主帥，由他決定。」

張束之道：「聖上說得清楚，元振才是主帥，他們三人只是從旁協助。當然！元振必須聽取他們的意見。」

郭元振欣然道：「明白！然則鷹爺有何建議？」

眾皆莞爾，感受到郭元振和三人間合作無間的積極情緒。

龍鷹道：「我們須在幾天內動身到北疆，先練好一點通行塞外的突厥話，然後去找奚王說話，只要他肯投向我方，契丹再不足慮。」

狄仁傑動容道：「龍小兄看得通透。」

郭元振道：「奚族雖和契丹人時和時戰，但非常顧忌在後面支持契丹的突厥人，恐怕不易說服他們。」

龍鷹雙目魔芒大盛，冷然道：「戰場上不外成王敗寇，奚人的處境，就是吐蕃人的處境，如奚人不肯歸我，便趁早把他們滅掉，誰都沒得怪誰。軟的不吃來硬的，現在該是中土大發神威的時候哩！」

郭元振還是首次看到他的邪帝本色，現出訝異神情。

風過庭道：「就這麼決定。三天後我們起程到北疆去。」

萬仞雨接下去道：「第一站是山海關，由我帶路。」

龍鷹記起他曾追至塞外，擒拿自己的大師兄。欣然道：「差點忘記了有個便宜嚮導。哈！噢！差點忘記告訴萬大哥和風大哥，明晚梁王府的夜宴，會精彩至你們不敢相信。」

萬仞雨笑道：「你這小子是語不驚人死不休。」

龍鷹叫屈道：「老子是實話實說，由突厥人牽頭、聯結塞外多族的使節團，將於明天抵達神都，其中的重要人物，會與我們在梁王府的晚宴碰頭，你敢說不精彩嗎？」

張柬之向郭元振笑道：「若不是認識他，還以為他是個愛惹是生非，好勇鬥狠之徒。」

狄仁傑搖頭歎道：「龍小兄的確誇大了點，這只是個武技切磋團，還未達使節的地位，但因領團者是默啜的得意女兒凝豔公主，所以聖上破例在萬象神宮接見他們，但不會舉行國宴，只以次一級的王宴款待他們。至於此宴為何不在魏王府而在梁王府，照老夫猜該是聖上對魏王聯結突厥人不力的處分。」

龍鷹聽得心中大恨。武三思擺明早知是怎麼一回事，卻著上官婉兒來騙自己，說成是因武承嗣知會他才曉得此事，而上官婉兒則助紂為虐來誆他，想起便有氣。胖公公說得對，上官婉兒並不是好路數。

張柬之道：「不過此團比正式的使節團更不容易應付，集合了突厥、回紇、契丹、奚、鞨、高麗、室韋等各族的頂尖高手，是默啜顯示實力的一個方式，如果我們在技擊較量上被他們壓得抬不起頭來，會對我們的士氣造成沉重的打擊。」

龍鷹大喜道：「難得有這麼好的機會，老子正手癢得要命。」

郭元振目射奇光，狄仁傑和張柬之拈鬚微笑，風過庭鼓掌喝彩，萬仞雨搖頭失笑。

狄仁傑欣然道：「老夫雖收到請帖，卻不宜參與，只好央龍小兄帶小女一起去見識，龍小兄意下如何？」

眾人沉靜下來，看龍鷹的反應。狄仁傑雖說得輕描淡寫，不過誰都知道他首肯龍鷹去追求他的掌上明珠。他的表態不用說也知受龍鷹「暗中保護」小魔女的行為感動。

龍鷹可以說甚麼？忙道：「小子早約了藕仙小姐明早在城外比拚馬術，到時會和她說。」

狄仁傑長笑道：「我們還有些成軍的瑣事和元振商量，不阻三位小兄哩！」

三人離開皇城軒，蹄踏雪在後方。

龍鷹道：「有沒有興趣到甘湯院大家過幾招玩玩？」

萬仞雨向風過庭笑道：「這小子真的手癢。」

風過庭道：「我是求之不得，難得有人可讓過庭放手對打。」

三人出皇城，朝上陽宮走去。

萬仞雨笑道：「不是又要用空拳來應付萬某人的井中月吧！」

龍鷹得意洋洋，道：「包保你有意外驚喜，就給你來個以刀對刀，至於風公子，小弟另有好東西款待。」

萬仞雨和風過庭交換個眼色，均不曉得他葫蘆裡賣甚麼藥。

風過庭道：「快從實招來，否則大刑伺候。」

龍鷹向衛士揮揮手，成功領萬仞雨這個「外人」過關，欣然道：「驚喜是如何產生的？當然是要到對陣的一刻，方清楚面對的是甚麼而產生出來的。哈！不過兩位大哥心裡最好有個準備，老子的新拍檔絕非和稀泥。」

風過庭大笑道：「愈厲害愈好，希望你不是虛言恫嚇就謝天謝地。」接著向萬仞雨笑道：「由你老哥先上場摸他的底，然後讓他有一個時辰的時間喘氣，之後由我伺候他如何？」

萬仞雨啞然失笑，點頭道：「就此決定，免得他輸了，賴我們以車輪戰贏他。」

龍鷹任他們冷嘲熱諷，含笑不語。

此時抵達御園，令羽迎上來，蹄踏雪趁他們停下說話，自行到御園吃草。

萬仞雨一拍額頭，道：「差點忘了，幸好見到令統領。」

令羽老臉紅紅的，囁嚅道：「是否今晚的事？」

龍鷹道：「甚麼事？」

萬仞雨道：「芳華定了今晚在芳華閣，於令統領和舉舉定情的芳烈院舉行儀式，讓舉舉正式成為鷹爺的義妹，鷹爺和令統領是當事人，當然不能不到。」

風過庭問清楚來龍去脈後，道：「過庭怎都會到一到。」

龍鷹道：「不是又要去飄香樓吧？」

風過庭岔開道：「舉舉成為鷹爺的義妹之後，令統領是否可以立即娶舉舉為妻？」

令羽雙目射出熾熱之色。

龍鷹道：「欲速則不達，還要等待一個時機。試想想看，外族入侵，武三思領軍去打仗，其他有軍職的武氏子弟會置身事外嗎？」

萬仞雨拍拍令羽，道：「不要問，快則三月，遲則半年，保證你可大模大樣的迎娶舉舉。」

令羽大喜謝恩。

龍鷹道：「不怕一萬，只怕萬一，舉舉索性於今晚脫離芳華閣，搬去與聶大家同住，那就任武延秀有天大的膽子，也不敢去騷擾她。否則說不定某晚飲酒後獸性大發，忘掉了舉舉是老子的義妹，那就悔之已晚。」

令羽道：「鷹爺想得周到。」

龍鷹心忖自己是學乖了，不再盲目的與武氏子弟對著幹。與令羽再閒聊幾句，領風過庭和萬仞雨返甘湯院。

甫進院門，李公公迎上來道：「聖上剛差人送了大批兵器來，我們不知如何處理，只好放在內堂一角，等候鷹爺指示。」

風過庭和萬仞雨聽得你望我，我望你。

龍鷹道：「大批兵器？不是只得四件嗎？」

李公公追在他旁道：「小人不清楚，共有一大一小兩件，全被牛革包裹，大的一件要四個羽林衛才抬得動，載的該是大批兵器。」

龍鷹明白過來，道：「公公不用理會我們，不用送茶來，我和萬爺、風公子立即去活動筋骨，勿要爲比試的聲音驚異。」

李公公一頭霧水的掉頭走，三人來到內堂，地上果然放了大包小盒，令人望之生畏。

風過庭一眼瞧去，訝道：「你一向不愛用兵器，現在卻一下子向聖上要了這麼一大包，會否過猶不及？」

萬仞雨走過去，探腳試重量，大嘩道：「至少重三百斤，小子你是否瘋了！還說只得四件？」

龍鷹先將裝著摺疊弓的盒子放到桌上，笑道：「裡面只有一面盾、一把刀和可接合的神兵，全是上戰場的拍檔夥件。」接著將以粗牛筋捆紮，長達九尺的大袋東西，扛到肩上去，興奮道：「來！我們到後院走馬樓間的大空地比武。」

風過庭和萬仞雨看到他的模樣，差點氣絕。前者道：「如果你扛著這些東西跳上馬背，保證蹄踏雪永遠沒法離開神都。」

萬仞雨喘著氣笑道：「公子勿要笑他，有家底的新手剛上戰場正是這個樣子，想把家中的兵器庫搬到戰場去。」

龍鷹扛著巨形包裹朝內院走，笑道：「很快你兩個小子就會曉得是怎麼一回事。」又揚聲叫道：「人雅、麗麗、秀清，爲夫回家哩！且有客到，還不出來歡迎？」

第十五章　戰場新手

甘湯院。後院走馬樓。

龍鷹把包裹放在一邊，解開牛筋，探手進內摸索。三女倚欄立在底層半廊裡，瞪大美目看她們的夫君大人。

風過庭則倚木柱坐在與三女相對的低欄上，雙手環抱，饒有興致瞧著龍鷹，看可取出甚麼令他驚喜的神兵利器來。萬仞雨腳步不丁不八的卓立長達百步、寬若六十步走馬樓圍起的大空間另一端，神態輕鬆地注視對手，自有一股淵渟岳峙的刀道大家氣派。

龍鷹掏出一把刀來，由於天刀仍藏於普通的鞘子裡，除比一般刀子大上點外，風萬兩人均看不出特異之處。

龍鷹左手握連鞘天刀，一副玩世不恭的樣子，向三女道：「記得鼓掌喝彩！」人雅怯怯生生的道：「萬公子是客人嘛！」

風過庭和萬仞雨啞然失笑。

龍鷹道：「誰使出精彩招數，便爲誰喝彩。」轉向萬仞雨道：「站好了沒有？」

萬仞雨沒好氣的道：「萬某人早試過你的刀法，還要大言不慚，放馬過來！」

龍鷹歎道：「眞不識好人心，老子故意和你以刀對刀，不是認爲刀法可勝過你，哪怕要下一世才勝得了你，我也要和你戰一場。因爲只有老子，方可助你的刀法做出突破，更上一層樓。坦白告訴你，若對小弟掉以輕心，說不定甫交鋒立被逼落下風，直至飲恨收場。」

三女聽得緊張起來，呼吸急促。

風過庭道：「不要嚇壞三位嫂子。」又道：「你這把刀有甚麼名堂？」

「鏘！」

天刀離鞘而出，龍鷹隨手拋掉刀鞘，右手把刀往右方橫伸開去，雙目魔芒遽盛，氣勢陡增，長笑道：「這就是繼宋缺的天刀之後，第二把夠資格的天刀。」

風過庭和萬仞雨難掩驚異之色，銳目同時落在他橫空的天刀上。

龍鷹倏地退後一步，天刀發出強烈的破風之聲，先舉過頭頂，再分中切下。同一時間萬仞雨祭出井中月，兩刀刀鋒相對，沒有絲毫時間上的差異，像預先約好了似的。

兩般凜冽的刀氣，隔空硬撞一記，兩人同時晃一下。

三女駭得花容失色，下意識往後退開。

萬仞雨雙目精芒爍閃，凝注對手，喝道：「果然有點門道，此刀是否有百斤之重？」

龍鷹回敬他似能穿牆透壁的凌厲眼神，道：「確是一百斤，看刀！」

人隨刀走，在眨眼的高速裡，天刀照頭朝萬仞雨劈下去，三女失聲驚呼時，萬仞雨刀往上挑，又腳踏奇步。

「噹！」

兩刀交接，火花濺射。萬仞雨足踏實地，趁龍鷹天刀被挑開之際，由於改變位置，自然而然地借勢橫削龍鷹的空檔，全無斧鑿之痕，不愧天下第一用刀高手。

豈知龍鷹天刀往胸腹一收，忽然爆起一團烏芒，潮暴般推前迎向萬仞雨的一刀，不移半步。

萬仞雨改削為劈，井中月化作黃芒，命中天刀刀芒核心處。

三女幾欲掩眼不看，花容失色。

「叮！」

刀芒散去，變回天刀，硬將井中月格開，又再化作漫空刀芒，往萬仞雨灑去。

萬仞雨叫了聲「好」，也不覺他如何動作，閃往一側，井中月變作數道黃芒，反攻龍鷹。

「噹噹噹噹！」幾下呼吸的時間，兩人左閃右移，兔起鶻落的過了十多招，招招均險至毫釐。倏又形勢一變，龍鷹似鬼魅般移動，化作沒有重量飆閃如神的輕煙，繞著萬仞雨狂攻。萬仞雨則只在方圓六尺許的地方腳踏奇步，以不變應萬變。每當龍鷹接近，兩人間總是刀影滾滾，兵器交擊聲密集鳴響，火花激射。天刀宛如狂風暴雨，一陣陣吹打衝擊對手，而萬仞雨則穩如崇山峻嶽，井中月幻起重重黃芒，以精妙詭奇至令人難以相信的手法，隨身子精妙的挪移閃轉，沒收龍鷹仿如長河衝奔般的驚人攻勢。

不要說喝彩叫好，三女連呼吸也感到困難，看得目瞇心跳，說不出半句話。風過庭則目射奇光，眨一下眼亦是有所不願。

龍鷹忽然一刀從左上方斜斜橫掃而下，對比起先前快至令人沒法看清楚的數百刀，清晰爽脆得使觀者生出怪異和不習慣的感覺，但又是凌厲至力足以橫掃千軍，有種血戰沙場的味兒。全心全意，絕不含糊。

風過庭忘情叫道：「好！」

「噹！」

萬仞雨豎刀硬架，發出震耳欲聾的金屬鳴響，竟給劈得連人帶刀，挫退兩步，但退而不亂，使出精微的後著變化，令龍鷹氣勢如虹的一刀，沒法趁勢追擊，不得不收刀後退。

萬仞雨刀芒暴漲，龍鷹一刀往他挑去。此刀又與自開始以來所有刀法不同，但又很難說出不同處在哪裡。只可說天刀再不是達百斤的重兵器，而是輕似飄羽，最奇異的是游移不定，看似攻向一點，事實上卻籠天罩地，令被刀氣鎖定者上天無路，入地無門。

輪到萬仞雨大聲叫好，井中月化為閃電般的厲芒，裂破兩人間的虛空，迎上龍鷹的天刀。

眞勁爆破，龍鷹斷線風箏般的拋後尋丈，直抵登上樓臺的木階，還收不住勢子，一屁股坐到樓梯去。

萬仞雨則一步一步身不由己的朝相反方向後退，「砰！」的一聲撞在風過庭旁的臺欄處，先挨在那裡，然後滑坐地上。

走馬樓中央的偌大空間，只餘兩人急促喘息的聲音，一時沒有人說得出話來。

龍鷹急喘著辛苦的笑道：「小子你眞強硬，連這一刀也摞不倒你。哈……」將天刀橫放腿上。

萬仞雨把刀放在身旁，歎道：「自懂刀以來，從未曾打得這麼爽。龍小子確有你的。」

龍鷹朝三女瞧去，道：「還以為可仗你們搖旗吶喊，由頭至尾聽到的只是驚叫嬌呼。」

麗麗白他一眼，捧心怨道：「差點給嚇死了，還來說人家。」

人雅以她稚嫩的嬌聲道：「眞以爲夫君大人和萬公子在拚命，嚇壞人哩！」

龍鷹、萬仞雨和風過庭聞言鬨笑，三女驚魂甫定，一臉不依。

風過庭歎道：「這是在下平生所見最精彩絕倫的一戰，萬兄用的如非井中月，肯定給天刀劈斷。」

萬仞雨道：「我終於體會到當年向雨田的威勢。」

龍鷹斜眼兜著風過庭，道：「該公子下場哩！」

風過庭不能相信的道：「這麼快可以再舞刀弄棒？」

龍鷹昂然起立，先來到三女下方，愛憐的道：「跟著的一場比剛才有過之而無不及，你們還要看下去？」

秀清擔心的道：「眞的不會錯手打傷？」

風過庭悠然步入「比武場」，笑道：「看似兇險，事實上我們極有分寸，處處留手，三位嫂夫人不用擔憂。」

人雅雀躍道：「那我們定要看下去。回想剛才，確是火爆刺激。」

龍鷹來到革袋處，將天刀塞進去，再將分開了的雙端奇器拏出來，分握左右，站將起來。

不但三女看呆了眼，風過庭和萬仞雨都瞠目以對。

風過庭大奇道：「這是甚麼傢伙？」

「鏗！」

雙端器接合為一，在龍鷹手上變長變短，最後調校至九尺，扭緊鎖實。龍鷹道：「這裡地方淺窄，只能用最短的長度。」接著把雙端器拋給風過庭。

風過庭一手接過，揮舞把玩，動容道：「這怪東西至少比你的重刀輕上二至三十斤，兼具多重特性，像為你這兵器法師專門打製，聖上的確為它尋得真主。」

萬仞雨起身走過來，井中月回到背上，接過雙端器研玩一番，道：「你這拍檔有甚麼名堂？」

人雅掩嘴嬌笑道：「拍檔！」神情可愛柔媚，風過庭和萬仞雨現出驚艷神色。

龍鷹心忖如論嬌姿美態的層出不窮，只小魔女堪與人雅比擬。道：「還未命名，暫喚它作雙頭擊。」

風過庭欣然道：「名字相當不錯，俗得來有親切感，平易近人。」

萬仞雨將雙頭擊拋回龍鷹，退上樓臺，氣氛頓時扯緊。

風過庭拔出長劍，遙指龍鷹，道：「在下的劍名孤虛，取自術家的『甲子旬中無戌亥，戌亥即爲孤，辰巳即爲虛』，又有『日辰不全，故有孤虛』之語。」

龍鷹道：「天干十，地支十二，故甲子旬排不到最末的兩個地支戌和亥，戌亥遂落空亡。但劍屬金，金空則鳴，聲震宇宙，風兄此劍之名，大有深意。」

風過庭大訝道：「想不到龍兄如此博學，佩服。」

龍鷹長笑道：「風兄準備！」

風過庭微笑道：「沒有一刻在下不是準備妥當。」

龍鷹發動了，雙頭擊先到頭上，盤旋飛轉，生出虎虎破風的駭人聲音，驀地又化作繞身疾走游龍般的芒影，雙頭擊在他雙手的掣弄下，活過來似的，千變萬化，教人無從捉摸。

風過庭冷喝一聲，孤虛劃過虛空，化作電閃，一無所懼地往龍鷹長擊而去，凜厲的劍氣鎖緊龍鷹，整個空間變得寒氣浸浸，三女不由自主往外退開去。

「噹！」

龍鷹以捲刃的一端挑開孤虛，連消帶打，戟矛的一端往風過庭挑去。

風過庭叫了聲「好」，迴劍下削，砍中戟矛。接著劍芒遽盛，爆開漫空劍影，劍氣嗤嗤作響，狂風驟雨般往龍鷹灑去。劍法凌厲，但人仍是那麼氣定神閒，瀟灑好看。

龍鷹還是首次和他交手，風過庭的劍法靈動如神龍，但最難擋的是劍勁忽輕忽重，輕時帶卸馭奇勁，令人生出用錯力道和勁氣如泥牛入海的難受感覺，重時則雷霆萬鈞，劍氣沿兵器侵體，如斯可怕的劍法，確是聞所未聞。

龍鷹大笑道：「風兄果然名不虛傳。」雙頭擊靈奇變幻，挑、削、啄、劈、砍、掃、格、刺，見招破招，以快對快，只守不攻，穩如堅堡險寨，不退半步。

場面火爆目眩，以守對攻。

忽然龍鷹躍往半空，雙頭擊被舞動至再分不清楚哪一端在哪個位置，銅牆鐵壁似的直壓對手。

風過庭大喝道：「好！」

人隨劍走，竟拔身而起，直撞入龍鷹的兵陣裡去。

「鏘！」

火花四濺。

風過庭回到地上，往後挫退三步。龍鷹則往後一個空翻，回到地面。形成隔遠對峙的形勢。

風過庭還劍鞘內，歎道：「龍兄的雙頭擊，利攻不利守，但守已這麼厲害，攻肯定更難抵擋，在下拜服。」

龍鷹道：「風兄太謙虛哩！我正因守不下去，不得不借重兵器的特性，逼風兄硬拚一招以求脫身。」

萬仞雨入場道：「採守勢顯然不合你的性格，爲何偏採此策略？」

龍鷹沉吟道：「此擊有一怪異特性，如果放手強攻，將會身不由己的縱情發揮，難以留手。古怪！」

風過庭道：「我感覺得到，此擊實暗含不同類型兵器的眾多特點，當你將它發揮得淋漓盡致時，會欲罷不能，直至擊倒對手。」

秀清顫聲道：「眞可怕！」

萬仞雨道：「最能發揮此擊作用的時機，肯定是在千軍萬馬的戰場上，若伸展至一丈二尺，可想見龍兄所向披靡的情況。」

風過庭道：「不過老兄要採步戰才成。」

龍鷹道：「山人自有妙計，明天拿蹄踏雪作試驗，有成績才報上兩位大哥。」

轉向三女道：「快去扮得漂漂亮亮的，我要帶你們到芳華閣出席晚宴。」

三女齊聲歡呼，返上層房間換衣去。

龍鷹道：「我們到前堂喝茶聊天如何？」

兩人欣然隨他到前堂去。

天未亮龍鷹醒過來，三女失去了睜眼的力氣，休說陪他起床。昨晚在芳華閣鬧至初更，人雅等尚是初嘗夜宴滋味，又是在神都首屈一指的芳華閣舉行，回甘湯院後意興仍濃，纏著他爭相獻媚，纏綿良久方入睡。

龍鷹睡了個多時辰，卻是精滿神足，匆匆梳洗更衣，拿起百變盾和天刀，到馬廄找愛駒。尚未轉入馬廄的一邊，蹄踏雪發出嘶叫，仿似曉得主人來臨，令他嘖嘖稱奇。

難道自己感應到牠時，牠亦感應到自己？

龍鷹進入蹄踏雪的視線，牠停止嘶叫，不住跳蹄，狀極歡欣雀躍。龍鷹忙閃電飆前，為牠拉開欄門。

蹄踏雪走出來，馬頭湊下，以頭頸和他摩擦，低聲嘶鳴。龍鷹從心底湧起對牠毫無保留的愛，摟著牠親熱一番。哄孩子般道：「乖寶貝，爹今天要為你練習負重。」

帶牠來到院前廣場，為牠裝上馬鞍，再將天刀和百變盾安置兩邊。

李公公睡眼惺忪的從宅內走出來，問好後道：「鷹爺尚未吃東西呢？」

龍鷹躍上馬背，道：「公公放心，我等閒兩三天不吃東西仍沒有問題，公公回去睡覺吧！」策騎馳出主門樓，自然而然魔氣貫注蹄踏雪。

蹄踏雪不但沒有絲毫負荷過重的異樣情況，反似比昨天跑得更輕鬆容易，倏忽間達至高速，放蹄上陽大道。

龍鷹兩耳生風，如駕行空天馬，迅即離開上陽宮，過天津橋，在月暗星稀的清晨，奔馳於定鼎大街，風馳電掣的朝定鼎門飆去，感覺棒至極點。

大街的一切清晰起來，感覺延伸擴展，周遭發生的一切全在掌握之中。

一時間，龍鷹忘掉自己，只剩下純感官的存在，無喜無嗔，心靈晉入空廣無邊的至境，就像那晚從端木菱的仙劍下逃亡，狂馳於林木之顛那暢美動人情況的重演。

城門在前方打開，小魔女策騎從後方追來，龍鷹正要收韁，蹄踏雪已自動收蹄，放緩馬速，偵知主人心意。

龍鷹驚訝得合不攏嘴，小魔女一身彩衣，豔光四射的來到他旁，興奮嚷道：「讓我們由城內比到城外去！」嬌叱一聲，加速往前奔去。

不待他有任何動作，蹄踏雪追著去了。

第十六章　佳人有約

龍鷹與小魔女全速飛馳，穿林越溪，上山下坡，狂奔十多里，抵達伊水之濱，黑兒已有點吃不消，蹄踏雪仍是神氣昂揚，意猶未盡，雄駿至極。

兩人跳下馬來，爲馬兒解鞍，兩馬自行結伴到一旁吃草飲水，狀極親暱，不時碰鼻子。

龍鷹遠眺河岸，不遠處山勢夾河起伏，景色壯麗靈秀，道：「那是甚麼地方？」

小魔女來到他旁，道：「是著名的伊闕，人稱龍門，山下有石道，一面是石壁，左邊是伊水，山映水中，是爲『雙峰對峙，一水中分』的龍門第一景，若繼續上行，可看到長逾一里，在兩岸峭壁上延綿不絕的大小石窟，是由北魏孝文帝開始雕鑿的。可惜你須趕回上陽宮，否則仙兒可帶你去好好欣賞。」

接著目光落在馬鞍處，道：「是你借來的刀嗎？算你哩！肯守信諾。」

龍鷹在馬鞍旁跪下，拔出天刀，雙手捧著，向小魔女道：「大姐請過目，是小弟的配刀，重一百斤。嘻嘻！小心點！」

小魔女狠瞪他一眼，道：「滿口胡言，哪來重百斤的刀，用石做也沒那麼重。」一臉不屑的探手抓著刀把。

「噢！」

龍鷹眼明手快，一把抓著她提刀的手，笑道：「都說要小心點呵！」

小魔女一臉驚異神色，忘掉被龍鷹佔她手的便宜，勉強拿穩，道：「這麼重的刀如何用呵！還不放手！」

龍鷹依依不捨放開她的手，看她吃力的舉刀，旋又放棄，垂刀觸地，嬌嗔道：「是甚麼鬼東西，用甚麼造的？令人心中發毛。還給你！」

龍鷹從她手上取回天刀，隨手在她瞪大的秀目前做了平削、前刺、下劈等連串動作，透出輕靈飄逸的意味，不費吹灰之力。笑道：「來！讓本混蛋挨你大小姐的神山之星百來二百劍如何？」

小魔女大發嬌嗔道：「死龍鷹！明知人家給你的怪刀嚇怕了，砍崩了神山之星誰來賠我？你這混蛋，本姑娘不准你用這把刀。」

龍鷹啞然笑道：「混蛋知罪，下次拏把下等刀來央大姐教訓本混蛋。」

小魔女回嗔作喜，道：「算你哩！」又壓低聲音道：「你是否特別帶著把可怕的刀，好作本姑娘的親兵隨從呢？」

龍鷹回刀鞘內，沉吟道：「國老是否已告訴他的愛女，老子在北市暗中保護她的事？」

小魔女不依道：「你扮蠢點行嗎？人家說漏一句便給你猜出來。仙兒是不該說的，免得你邀功佔便宜。」

又親熱的靠過去，香肩碰上他肩頭，喜孜孜的道：「看在你一片癡心分上，許你一個殊榮，你不是懂易筋洗髓之法嗎？快令人家脫胎換骨，早日躋身如你般的低手之林。」說到最後一句，早笑得開心迷人。

龍鷹的心差點融化，探手過去摟著她香肩，正要乘勢在她嬌嫩欲滴、紅撲撲的臉蛋重重吻一口，小魔女脫身避開去，雙手叉著小蠻腰嗔道：「還未辦好本姑娘吩咐的事，竟想來領功，不怕我告發你？」

龍鷹好整以暇，道：「彼一時也，此一時也，國老已明許暗示的表示老子何時向他提親，他何時許你給老子，所以告發這一招再不管用。」

小魔女跺足嗔道：「爹怎會這麼說？本姑娘立即回家問個清楚明白。」

龍鷹立告全線失守，求饒道：「萬萬不可，小子確是胡謅的。」

小魔女笑彎了腰，喘息道：「唔！要本姑娘為你閉口是有代價的。龍鷹呵！仙兒很想參加今晚粱王府的晚宴，又怕爹責罵，他不喜歡人家參與武氏子弟的任何活動，快想辦法。」

龍鷹心中暗喜，故意皺起眉頭，詐作苦惱的道：「辦法不是沒有，大姐將所有責任推在我身上就成。」

小魔女移至他身前，怨道：「你想出來的是連無知小兒都騙不了的蠢方法，牛不肯飲水，怎按得牛低頭？快動腦筋。」

龍鷹探手抓著她兩邊香肩，入手的肩肌柔軟又充盈彈跳力，今次小魔女沒有避開，也不害羞，杏目圓瞪的瞧他，累得他差點說不出話來，又不能表現得太過興奮雀躍，勉強沉住氣，道：「關鍵就在這裡，事後告訴你老爹，是我大力慫恿你去，因爲這是次一級的國宴，更是一場中土和塞外頂級高手的大比拚，小魔女大姐身爲頂尖高手之一，當然不會計較他奶奶的甚麼粱王或魏王，而是以中土大局爲重。哈！明白了嗎？」

他一邊說，狄藕仙秀氣的明眸愈趨亮麗，看得他神魂顚倒，情不自禁地往她紅通通的香唇吻去。

狄藕仙俏臉微移，讓他吻在唇角，然後舉手輕輕推開他，帶點央求的道：「人家尙未嫁你，不可放肆。」

龍鷹知她對自己做出了很大的退讓，心滿意足的放開她，撮唇尖哨，喚蹄踏雪回來，黑兒乖乖跟隨。

狄藕仙來到他旁，抓他臂膀，道：「混蛋是否在生氣？」

龍鷹感覺著她又軟又熱的柔荑，心花怒放的道：「小弟怎敢生小魔女大姐的氣？」

狄藕仙垂首道：「上次你明明生人家的氣，爲甚麼又暗跟仙兒？」

龍鷹苦笑道：「你不是說小弟對大姐癡心一片嗎？」

狄藕仙道：「但癡心得不夠呵！令人脫胎換骨要花很多工夫嗎？」

龍鷹心中一動，首次認眞考慮此事，他自問沒此本領，卻可找人來問，例如胖公公。

道：「待我想想辦法，不怕我借機佔便宜嗎？」

小魔女俏皮淺笑，橫他一眼道：「早習慣哩！多一點少一點沒有分別。就此一言爲定。今晚在哪裡等你？」

龍鷹道：「我要你扮得漂亮迷人，高貴典雅。宴會於申酉之交開始，申時中我到國老府來接你。」

小魔女吃驚道：「爹豈非會知人家隨你去赴宴？」

龍鷹道：「你愈若無其事，你爹愈不會過問。我先拜會他，然後公然接收你，光明正大的。明白嗎？」

小魔女道：「可是人家穿成你說的那個樣子，如何騎馬？」

龍鷹道：「你只須坐馬，由小弟負責載你。」

小魔女道：「豈非整個成都的人都看到我和你共乘一騎？」

龍鷹哈哈笑道：「這個當然，除非他們是盲的。哈哈！回城的時候到哩！」

他早半個時辰到御書房，以他所能達到的最高速度，個半時辰寫畢第十一篇，武曌仍聖駕未現。他心切去見端木菱，天掉下來都不管，何況武曌？離開御書房，給榮公公截著道：「聖上在神宮接見外國賓客，她命你在晚會前，怎都要去見她。」

龍鷹去心似箭，答應一聲，往御馬廄找得蹄踏雪，配上馬鞍裝備，放蹄馳離上陽宮。不知是否因自己陪牠多了，蹄踏雪神氣至極，不時仰首歡嘯，惹得路人觸目。

剛上天津橋，數騎迎面馳至，最惹人注意的是千嬌百媚的太平公主，不知是否受符君侯的愛情滋潤，嬌豔欲滴，美眸顧盼生妍。她看到龍鷹，既喜且驚，神情複雜。

與她並騎前進的正是有「槍君」之稱的符君侯，仍是那副睥睨天下的氣魄丰神，表面看去，與太平公主郎才女貌，非常登對。

另外三騎跟在後方，全是一派高手的氣度，卻面生得很，以前沒有見過。

龍鷹在剎那間已曉得他們剛從神都苑回來，還捨不得分手，聯袂到城內吃早點，此時符君侯送太平公主回宮。公主該以爲他仍在御書房抄東西，所以放心多陪符君侯一會，豈知人算不如天算，在這裡碰個正著。

暗歎一口氣，放緩馬速。

符君侯哈哈笑道：「路上遇貴人，不知龍兄行色匆匆，趕到哪裡去？」目光落往蹄踏雪，喝道：「好馬！」

龍鷹在路旁停定，心忖到哪裡去關你奶奶的屁事？臉上堆起笑容，依禮問好。

符君侯向後面三騎道：「你們先回去。」三騎向龍鷹冷淡的打個招呼，自行離去。到剩下三人相對，氣氛頓然尷尬起來。

太平公主問道：「龍先生到哪裡去？」

符君侯剛才問的是同樣的事，只是沒話找話說，屬開場白。太平公主這句卻是另有含意，在探問他是否有空，因她現在可以陪他啦。

對於皇族美女的心態，龍鷹已較有瞭解。太平公主受到武曌影響，視男人爲面首男寵，今天寵幸這個，明天寵幸那個，就像有權勢男人對女性的態度，不過掉轉過來變成女尊男卑。但因太平公主對他龍鷹生出感情，雖忍不住和符君侯打得火熱，又知沒法控制龍鷹，才著緊他，怕他生氣。

果然符君侯聞言閃過不悅神色。

龍鷹眞的沒有怪太平，只不過要他像以前般對她熱情，卻是不可能的事，特別是從神都苑回來，仍是和符君侯難捨難離。他的感覺就是不願蹚此渾水，無端爲自己健康的身心添煩添亂。客氣的道：「小弟正急於去會一位至交好友。」又笑道：「今晚定可見到公主和符兄，到時再詳談如何？」

符君侯淡淡道：「聽說有契丹年輕一輩第一高手之稱的岳中遷隨隊來了，此人曾往訪奚人，盡敗奚族好手，聲勢如日中天，今次南下，肯定不會錯過與龍兄一較高低的機會。」

龍鷹啞然笑道：「符兄又如何？我說的是符兄曾和小弟的兄弟橫空牧野大戰一場，令小弟聞之手癢。今晚如此良機，我和符兄玩一場如何？」

符君侯雙目閃過殺機，從容道：「難得龍兄這麼有興致，君侯怎敢不奉陪？」

太平公主看看他，又看看符君侯，感覺到甚麼似的面現吃驚神色。

龍鷹一聲「今晚見」，策馬揚長而去。

進入定鼎街，正値繁忙時間，人車大增，龍鷹雖有遇隙可過的奇技，卻不想太過張揚，緩騎而行。

人也是奇怪，離開荒谷後，太平公主是他最想得到的女人，可是兩人的關係發展至今天，陰差陽錯下，對她已完全提不起勁，相見不如不見。這是否就是佛家所說的緣分？人說夫妻是宿世因緣，注定了的事誰都不能改變，那小魔女是否注定要嫁他為妻？若非有北市擒奸的誤會，狄仁傑怕不會這麼快首肯自己去追求他的女兒，小魔女更不會認定自己對她癡心一片。我的娘！今晚可是破天荒第一次正式和小魔女約會，到城外比試騎術該不算數，那次失約更是提都不用提。

胡思亂想時，有人在前面行人道上向他揮手，原來是萬仞雨。龍鷹來到他身旁，欣然下馬，順手拿下天刀，減輕蹄踏雪的負重。

萬仞雨讚歎道：「確是了不起的好馬，負重達四百斤，仍是輕鬆自如。」

龍鷹將天刀掛到背上去，心中一動，將百變盾取來，交給他道：「這東西比天刀更重，達一百二十斤，看可否用得著。」

萬仞雨接過裝百變盾的布袋，嚷道：「我的老天爺，真的很重，是甲冑嗎？」

龍鷹道：「陪我走一段路。此寶貝名百變盾，可穿在身上，也可作步盾使用，可硬可軟，非常厲害。胖公公曾左百變盾右天刀，和我拚了好一陣子。但那並非他擅長的兵器，落到你這刀法大家手上當然是另一回事。」

萬仞雨將百變盾托在肩上，問道：「到哪裡去？」

龍鷹坦言道：「小弟現在去找仙子，要不要一道去？她該喜歡見到你。」

萬仞雨先是眼睛亮起來，接著頹然道：「還是不見爲妙，怕受不住她的誘惑力，和你爭風吃醋就不太好哩！」

最後一句正是龍鷹以前曾對他說過的話。

兩人對望一眼，齊聲大笑，充滿兄弟之情。

萬仞雨道：「得芳華垂青，我已是世上最幸福的男人，其他一切均成過去。你和仙子是不是眞的有眉目？」

龍鷹道：「很難說，仙心難測，仙法更是難擋，最後還須看老天爺的心意。」

萬仞雨道：「我和過庭對你的風流手段愈來愈有信心，祝你馬到功成。哈！上馬吧！」

龍鷹道：「還要說幾句。今晚是宴無好宴。剛才遇到符君侯那小子，不知他有何居心，故意提起隨團而來一個叫岳中遷的契丹年輕高手，指他曾盡敗奚族高手，今晚定會挑戰我。他娘的！」

萬仞雨精神大振道：「從岳中遷今晚採取的態度，可間接窺探出契丹人是否有入侵之意。」

龍鷹道：「看你老哥亦在被邀之列，可知是出於比武團的要求。現在是敵知我而我不知敵，最好設法掌握百變盾，來個出奇制勝。」

萬仞雨點頭道：「有道理！我立即找風公子。」

龍鷹道：「申時中我會到國老府接小魔女去赴會，不如先到那裡集合，說不定有新的消息。」

萬仞雨道：「一言為定。」

龍鷹飛身上馬，加快速度，一盞熱茶的工夫，來到端木菱所在的庵堂。拍門報上「佛法無邊」，牽馬進去。為他開門的中年尼姑也是奇怪，逕自合十離開，任由他去尋端木菱。

龍鷹領蹄踏雪到後院上次見仙子的獨立靜室外，解下馬鞍，摟著蹄踏雪道：「乖孩子聽話，千萬不要吃這裡的花草，喝水則沒有問題。」

蹄踏雪低嘶一聲，不知是答應還是不知其所云。

龍鷹用靈鼻一索，嗅到齋菜的香氣，心中一熱，循氣尋去，經過兩間房舍，心裡猶豫，不知會否觸犯庵堂的禁忌。

耳邊響起端木菱清甜的聲線，道：「邪帝大哥！到小女子那間靜室稍候片刻，齋菜立即奉上，人家在忙碌嘛！」

龍鷹聽得魂魄出竅，飛上半天，仙子還是首次用這麼溫柔情深的方式和他說話，難道心愛的仙子轉了性子？

想想她又該沒這麼易與，否則不用閉關三天，擺明仙胎魔種之爭，未有休戰之期。

懷著忐忑不安、又驚又喜的心情，到仙子的靜室去。

第十七章　家常小菜

端木菱以一個方木盤，盛著兩大碟熱氣騰升的齋菜，兩套碗筷，笑意盈盈的進入靜室。

坐在小方桌旁的龍鷹金睛火眼的瞧著，登時眼前一亮。

仙子荊布釵裙，破天荒首次向他顯露線條優美至超乎任何言辭可以形容，香膝以下的一截小腿和赤足，膚白如雪，透出健康的紅色，青春逼人。

她令龍鷹神魂顛倒、瀑布垂流的秀髮，以天藍色的小巾紮在頭頂上，秀美的頸項沒有半點保留的展露，充滿生活的氣息，又是活色生香，動人心魄，說不出的輕盈寫意，揮灑自若。

滴溜溜、烏亮亮，黑白分明的仙眸像最醇香的佳釀，深邃明亮，令她妍態橫生，誘人至極。

龍鷹頭皮發麻的呆瞧著，平時口若懸河的本領被她的仙姿美態全部沒收，說不出隻字片言的看她把齋菜安置枱上，擺好碗筷，將方盤挪到一旁，然後在他右方坐下，略帶嬌羞的瞥他一眼，道：「趁熱吃，希望合邪帝的口味。」

龍鷹仍目不轉睛時，仙子拿起筷子，夾了大把齋菜，送入他碗裡，道：「吃菜時吃菜，看小女子時看小女子。明白嗎？」

龍鷹感到她這兩句話暗含禪機深意，卻一點不明白。呆頭呆腦捧起碗子，以筷子夾菜大吃一口。片晌後動容道：「我的娘！這麼美味的東西老子還是第一次嘗到，仙子加了甚麼材料進去？」

邊說邊夾起齋菜，送入她碗裡。

端木菱低聲說聲謝謝，若無其事的起筷進食，她的吃相比龍鷹斯文百倍，小嘴微動，神情專注。

龍鷹看得心神皆醉，雖尚未親她香唇，但已是間接親了她，看著她吃由自己筷子夾給她的美食，飄然如處雲端。

端木菱微笑道：「快吃！」

龍鷹自起來後未吃過東西，齋菜不啻仙餚神饌，捧碗動筷，大吃起來。端木菱陪吃幾口，大部分時間蠻有興致地看著吃得興高采烈的他。

龍鷹滿嘴齋菜，含糊不清的道：「我已有仙子成為了老子嬌妻的感覺。」

端木菱含笑不語，似是默認。

龍鷹放下碗子，大訝道：「仙子也有老子是你夫君的感覺嗎？」

端木菱白他一眼道：「你這人有時精明厲害得教人吃驚，有時又糊塗得令人難以相信。小女子只可以坦白承認和你是超越了其他所有人的關係，但嫁你仍是言之過早。」

龍鷹哈哈笑道：「仙子勿要再欺騙自己，對小弟，仙子已是情根深種，否則怎肯讓小弟看到仙子赤裸的香足？」

端木菱神色恬靜的道：「還記得那晚在揚州，你弄翻小艇，在水內和岸上以你那雙魔目看人家嗎？事實上小女子的身體早給你可惡的眼睛無禮過。」

龍鷹聽得發起呆來，仙子竟坦言和自己說這些完全沒有男女之防，充滿挑逗性的話。同時發覺自己異樣之處，就是眞到此刻，雖心甜如蜜，魂搖魄蕩，卻沒有絲毫色慾之念。苦笑道：「閉關三天，果然不同凡響，仙子究竟使了甚麼仙法，克制得小弟的魔種帖帖服服的？」

端木菱「噗哧」嬌笑道：「小女子不敢，只因怕仙胎未夠道行，受不起狂猛魔種的衝擊，希望你對人家守點規矩。」

馬嘶聲傳來。

端木菱道：「還未有機會問邪帝，刀非凡刀，馬非凡馬，是否生出遠行之念？」

龍鷹駭然道：「仙子竟探測到我心中的想法。」

蹄聲咰嗒，蹄踏雪現身窗外，馬頭探進來，呼嚕噴氣，模樣可愛。

端木菱仔細打量牠，悠然道：「看到牠眼內的瞳仁隱帶金紫嗎？小女子剛才隔遠看牠，已有似曾相識的感覺。在劍典內記載了一種產於塞外大漠的稀有靈馬，毛黑腳白，神駿異常，能日行百里，但卻永不對人馴服。當然，除非如龍兄般非是常人。」

龍鷹鬆一口氣道：「唉！仙子終肯喚一聲龍兄，雖然不是我渴望的鷹郎或夫君，已使我壓力頓消。仙子為何肯喚龍兄呢？」

端木菱淡淡道：「因為你開始反擊，小女子抵受不住，再沒法稱你為邪帝。龍鷹你滿意這個答案嗎？」

龍鷹伸展四肢，舒舒服服的吐了一口氣，此時桌上的齋菜被他掃蕩得一乾二淨，沒留一滴汁，向蹄踏雪道：「乖孩子，回園裡玩兒去，爹還要和你未來的娘說甜言蜜語。」

蹄踏雪歡嘶一聲，向端木菱連連點首，退了開去。

心中一動，轉向端木菱道：「劍典顯然像《天魔策》般，彙集了前人的經驗見聞，不知易筋洗髓的功法，是否確有其事？」

端木菱止水不波的道：「龍兄若有此要求，小女子可傳你此法，卻是有條件的。」

龍鷹訝道：「甚麼條件？」

端木菱今天首次面現紅暈，帶點害羞的道：「易筋洗髓之法和《無上智經》間，你只能二擇其一。」

龍鷹大喜道：「仙子眞的準備將《無上智經》唸一遍給爲夫聽嗎？」

端木菱橫他嬌媚的一眼，冰膚紅霞更盛，含羞點頭道：「小女子不想給逼死，只好就範。」

從沒有一刻，可像此一刻般肯定眼前出塵脫俗、不食人間煙火的美麗仙子愛上自己。失聲道：「既然如此，爲何又要制我的魔種？」

端木菱回復平靜，責道：「你這人恁是糊塗，都說過是言之尚早嘛！」

不讓他繼續此一話題，端木菱道：「龍兄仍未做出選擇呢！」

龍鷹痛不欲生的慘然道：「就選易筋洗髓吧！爲的是要完成一個可愛女孩子畢生的夢想。」

端木菱喜孜孜的道：「眞好！以後再不能逼人家吐露智經的內容。」

龍鷹看到她欣喜的仙樣兒，心底淌血，不情願的答道：「該是這樣子吧！」

端木菱仙眸明亮起來，道：「為何龍兄做出這麼一個選擇？」

龍鷹有點怕她的眸神，垂首道：「但願我明白自己，得到仙子是我平生大願，但總感到須如此選擇。」

端木菱道：「看我！」

龍鷹愕然朝她瞧，後者射出綿綿情意，柔聲道：「你不明白自己，但人家明白你，選易筋洗髓，於你是做出犧牲，為的是別人；若選的是《無上智經》，為的卻是一己私利。」

說到最後一句，紅霞徹底征服她兩邊玉頰，梨渦深深，豔光四射，展露仙子媚豔不可方物的一面。

龍鷹雙目魔芒大盛，牢牢盯著她。

端木菱仙心失守，芳懷大亂，道：「這是佛門清靜地，不可以強來呵！」

龍鷹不解道：「仙子為何像很怕我強來的樣子，你不懂拒絕我嗎？」

端木菱回歸仙態，恬淡平靜的送他一個嬌媚的眼神，輕輕道：「你有很多時間嗎？要不要聽易筋洗髓的秘法？」

龍鷹鍥而不捨道：「休要顧左右而言他，若我強逼仙子就範，仙子會怎樣對付我？」

端木菱沒好氣道：「若你真的那麼不理會人家的感受，就表示你的道心沒法駕馭魔種，致魔性大發，人家大概會無法抗拒，而事後你將淪入魔道，人家則永不能上窺天道。」

龍鷹大吃一驚，懷疑的道：「這麼嚴重，豈非我永遠不可以和我心愛的仙子合體交歡？」

端木菱苦笑道：「爲何小女子總是沒法對鷹爺硬起心腸，怕看你失落的模樣，心生不忍，眞是冤孽。告訴你，當然不是那樣子，只因你尚未臻達魔極之境，魔道之間仍有一線間隙，與人家合體，會被仙胎激發魔性，譬如怒海操舟，隨時有舟覆人亡之險。當然亡的只是你的道心。」

龍鷹欣喜如狂的道：「天哪！竟親耳聽到仙子的香唇吐出合體兩字，老子是否在做夢？」

端木菱嫣然笑道：「甚麼都好，可以說的都說哩，不准逼人家再說這方面的事。」

龍鷹大笑道：「遵旨。嘿！易筋洗髓究竟是他奶奶的怎麼一回事？若我的道心克制得住，可否和仙子只摟抱親熱？」

端木菱抿嘴淺笑，莞爾道：「看！又魔性發作哩！眞不可縱容你。究竟你要不要聽？」

龍鷹像被責備的小孩般恭敬道：「請嬌妻訓示。」

端木菱不和他計較，道：「不論魔種仙胎，均直指天地之秘，異曲同工。」

龍鷹難以置信的道：「易筋洗髓，竟與仙胎魔種有關係？」

端木菱忍笑道：「那是《無上智經》內的三句話，透露出來以補償你的損失。」

龍鷹央求道：「下三句又是甚麼？」

端木菱搖頭道：「天機不可洩露。」旋又「噗哧」嬌笑，橫他一眼，道：「你這麼可惡，不作弄你怎行？」

龍鷹飄飄欲仙，滿足地歎道：「原來和仙子打情罵俏，是這麼迷死人的。」

端木菱坦言道：「由見你的一刻開始，人家一直在和你玩兒，這是注定了的事，人家不會逃避，也不想逃避。好哩！收起你的魔性，靜心聽我說，否則會害苦你的小魔女。」

龍鷹失聲道：「你不是三步不出庵門嗎？怎猜得到是小魔女？」

端木菱若無其事的道：「你有很多女人嗎？武曌送給你的不計在內，來來去去只得那一個半個，說你風流成性，處處留情者，怕都是誤會了你。」

龍鷹笑嘻嘻道：「仙子忘了把自己計算在內，至少可左擁右抱。」

端木菱不置可否，亦沒有大發仙威，淡淡道：「天地之動靜，神明爲之紀。陰陽之升降，寒暑彰其兆。物生謂之化，物極謂之變，陰陽不測謂之神，神用無方謂之聖。明乎化變之理，方可改天造地，易筋洗髓。換了一般先天眞氣，要令人身化變，既艱難亦危險，不過龍兄身具魔種，若明其理而行，兼之狄藕仙幼時曾隨道尊打下玄門精純的根基，只需數天工夫，你可令她脫胎換骨，再由小女子親傳她一套劍術心法，她又肯勤加練習，用功數月，小成可期。以後看你還敢說端木菱對你不好嗎？」

上官婉兒在門口截著他，道：「聖上今天的心情很壞，小心說話。」

龍鷹冷淡地應她一聲，逕自進入。內堂是武曌批閱奏章的地方，也是她在皇宮的御書房。

女帝沒有坐在龍桌旁，脫下龍冠，負手立在一扇紗窗前，凝視外面的園林美景，龍軀挺得筆直，自有帝皇的氣度。

龍鷹知她是視而不見，沉浸在思考裡。

武曌淡淡道：「你今天寫的第十一篇，字體潦草，但另有龍飛鳳舞，形神更盡的味道，朕歡喜你這種字體。所謂字如其人，可知你在朕前一直克制，爲何忽然顯露狂放不羈的眞性情？你趕著去見誰？」

龍鷹首次曉得每成一篇，會立即送到她手上。來到她身旁五尺許處，躬身施禮道：「是去見端木菱。」

武曌道：「你和她現在的關係如何？」

龍鷹道：「仍是難分難解，恐怕她如我般都不曉得在幹甚麼？」

武曌歎了一口氣，道：「朕本不想接見由凝豔那丫頭領軍的外族聯合團，但最後改變主意，你明白是甚麼原因嗎？」

龍鷹恭敬答道：「因爲聖上曉得來者不善，善者不來，且是針對小民而來，所以代小民先秤秤他們的斤兩。」

武曌旋風般轉過龍軀，面向他道：「你怎可能猜中的！」

龍鷹道：「純是一種直覺。」

武曌負手而行，踱步直至堂央，仰望屋樑，道：「這個團是由默啜發起，由他向朕呈請，擺明是要向我大周顯示塞外諸族盡臣服於他的威勢。但最初報上來的名單只有二百五十人，到一個月前增加了七個人，此七人全爲各族頂尖級的高手，包括突厥人格祿芒和鐵利，契丹的岳中遷，回紇的巴兒巴魯，室韋的寧勒古都，高麗的韓風，靺鞨的陸加。七人中，以格祿芒、岳中遷和韓風武功最高，任你如何自負，亦絕不可以掉以輕心。更要著過庭和仞雨小心。」

龍鷹道：「明白！」

武曌朝他走過來，離他尺許處止步，道：「朕知你不將他們放在眼內，可是有心算無心，眞不知他們會玩甚麼陰謀詭計。大戰在即，今晚是許勝不許敗，若你們任何一人有閃失，敵人將士氣大振，令我們處於非常不利的位置。」

龍鷹微笑道：「對方肯定有他們以爲萬無一失的安排，但他有張良計，老子有過牆梯，聖上該曉得小民從神兵庫拿了甚麼東西，屆時會給對方一個大驚喜。」

武曌微微一笑，道：「你可知胖公公只說你揀了幾件稱手的，準備上戰場之用，卻沒開出清單，只說以朕的名義送予你較合規矩。唉！他像你般，是朕難以拒絕的人。龍鷹，朕很關心你，怕你因輕敵，大意吃虧。」

龍鷹道：「若聖上視小民爲邪帝，當會憂慮盡消。」

武曌轉身走開去，直至龍桌之旁，啞然笑道：「對！爲甚麼朕總忘記了你是誰？有甚麼好擔心的？」

龍鷹道：「小民想向聖上請示，殺人當然不行，但重創他們又如何？」

武曌轉過龍軀，鳳目殺機大盛，道：「那就要看他們的態度，分寸由你們拿捏，殺一個半個又如何？默啜實在欺人太甚。若可把大江聯連根拔起，那時他跪地求饒，朕也不會放過他。」

龍鷹順口問道：「問出了大江聯總壇的位置嗎？」

武曌道：「他們根本不知道，這方面的事暫時由朕親自處理，你們專心應付契丹人。」又道：「今天國老來見朕，報告了你們對付契丹人的大計，朕認同是最佳的策略，聯奚人以對付契丹。何時動身，由你決定。朕謹祝邪帝今晚大展神威，制得敵人抬不起頭來。」

龍鷹謝恩告退。

第十八章　敵情第一

甫踏出內堂，上官婉兒蓮步姍姍的來到身旁，牽著他衣袖扯他轉左，來到園林僻靜處，遠離內堂，投懷送抱，讓他抱個滿懷，兩手纏上他脖子，看著他眼睛，吐氣如蘭道：「婉兒甚麼事開罪了龍大哥？」

龍鷹心忖女人眞敏銳，小小態度上的改變一點瞞不過，抵受著與她肉體廝磨的驚人誘惑力，兩手守規矩的下垂，道：「梁王今夜的宴會奉皇命特爲外族團而設的，你卻代梁王來騙我，令老子傷心欲絕。」

上官婉兒綻放笑容，輕吻他一口，道：「梁王要人家這麼向你說，婉兒有甚麼辦法？何況曉得或不曉得，無損龍大哥分毫，最重要是讓龍大哥心裡有個準備。若會對龍大哥造成傷害，婉兒拚死亦會告訴龍大哥。況且梁王也有他的苦衷，就是奉有保密的皇命。」

龍鷹對她的坦然承認，又軟語求饒，並獻上動人的嬌軀，一副任君品嘗的嬌態，氣早消了，嘆道：「今次算你說得通吧！下次若再騙老子，定不輕饒。老子現在百廢待舉，須立即離開。」

上官婉兒扭動嬌軀，弄得他差些兒魔性大發，不依道：「不放你走！」

龍鷹見她面泛紅暈，訝道：「怎夠時間和你合體交歡？」

上官婉兒柔媚的道：「你怎都該有點表示，否則婉兒會認爲你仍未眞的原諒人家。」

龍鷹不解道：「需甚麼表示？」

上官婉兒害羞的將火熱的臉蛋貼在他的右頰，於他耳邊呢聲道：「你的手！」

龍鷹確抵不住她的挑逗引誘，把心一橫，將她摟個結實，上官婉兒立即發出銷魂蝕骨的呻吟聲。龍鷹找上她的香唇，縱情吻個痛快。

也不知過了多久，兩唇分開，上官婉兒嬌體發軟，全賴他摟緊不放，才不致癱倒地上。

龍鷹看著她無力張開來的眼睛，怪笑道：「這樣的表示算合格嗎？」

上官婉兒勉力睜開一線秀眸，白他一眼，嬌喘細細的道：「龍大哥壞透哩！婉兒只是要你抱人家，婉兒不依呵！」

龍鷹心忖美女的魔力眞不可抵擋，明知行差踏錯，胖公公的警告言猶在耳，仍忍不住踏腳進去，還要騙自己有可能非是溫柔陷阱。幸好剛被仙子施以仙法，換了以前的他，肯定不顧一切和她歡好。笑道：「不依也沒法子，木已成灰，老子走哩！」

上官婉兒抓著他肩頭，推開他少許，媚態畢露的道：「眞的那麼急？」

龍鷹終告失守，道：「的確很急，但怎都可騰點時間出來。」

上官婉兒送他一個媚眼兒，嗲聲嗲氣的道：「婉兒不要那麼急，讓人家送你出殿。」

龍鷹訝道：「你現在這個樣子，怎可以讓人看見？」

上官婉兒離開他，停止喘息，改爲挽他的臂膀，依偎著朝大殿的方向舉步。

龍鷹問道：「聖上的寢宮，理該守護森嚴，爲何除殿門有羽林軍外，內堂一帶幾乎見不到人？變成老子和婉兒偷情幽會的好地方。」

上官婉兒放開他，與他並肩而行，道：「是聖上的意思。唔！你是知道的，聖上根本不怕刺客。」

兩人沿殿外長廊朝前走。

龍鷹問道：「婉兒的武功，是否由聖上親授？」

上官婉兒道：「是由聖上指定的人教導人家，但聖上的確不時指點婉兒，又曾爲婉兒打通特別的經脈。人家說的全是機密，但婉兒現在怎敢瞞龍大哥？」

龍鷹嘿嘿笑道：「不但有事不准瞞我，還有是以後都要像剛才般對老子千依百順，清楚嗎？」

上官婉兒立定，回復常態，莊重自持的道：「婉兒何時不是對龍大哥千依百順？今晚見。」

龍鷹飛騎返回甘湯院，先吩咐李公公遣人去找令羽，才到後院，三女正興高采烈的爲他的雙頭鑿趕製盛載的長布袋，見他回來，當然高興。

麗麗道：「雙頭鑿的名字形容不出它的威勢，我們三姐妹商量過，喚它作接天轟如何？」

龍鷹大訝道：「這個名字棒極了，竟是由三位夫人想出來的，以後它就是接天轟。」

三女改的名字得愛郎欣賞，齊聲歡呼。

龍鷹笑道：「爲夫還有個任務派給你們，就是伺候我們的愛兒入浴。」

麗麗和秀清聽得摸不著頭腦，人雅最機靈，忍著笑嬌癡的道：「夫君大人在說雪兒呵！」

龍鷹大喜道：「又是個更好的名字，雪兒既順口又親切。來！讓我們爲雪兒洗刷梳毛，令牠像爲夫般享盡豔福。」

坐言起行，龍鷹領三女到馬廄去，由派來的太監馬伕去水井打水，三女則捋起衣袖，悉心為雪兒洗洗刷刷。龍鷹擠不進去，只負責安撫雪兒。不過他清楚感應到，雪兒正深深享受三女的服務。

李公公和一眾婢僕來看熱鬧，還有教他吐蕃語和突厥語的老師，龍鷹有一句沒一句的和兩人以兩語閒聊，心閒意舒，感受家居之樂。

直至此刻，方曉得兩人均曾經在當地居住過一段時日，順道問起兩地的風土人情和地理形勢。

到雪兒變得煥然一新，黑毛光閃閃，已是未申之交的一刻。令羽此時來了，兩人到一旁說話，龍鷹交代了想要他代勞的事。三女聯袂來到他們身前，約好了的齊聲道：「夫君大人還有甚麼吩咐！」說完齊聲嬌笑，人美笑甜，各有姿態，看得令羽目眩神迷，龍鷹也難以自已。

龍鷹拍拍令羽肩頭，後者知機離去。

龍鷹為雪兒裝上馬鞍，掛好天刀，向三女道：「這把的確名副其實是從天上掉下來的刀，但為夫總感到天刀這名字意猶未盡，嬌妻們有甚麼好主意？」

人雅怯生生的提議道：「叫它烏刀如何！人家看夫君揮舞它時，總覺得它烏光閃閃的。」

麗麗訝道：「為何我看不見？」

龍鷹首次曉得人雅是有靈異感覺的人，同意道：「改天刀為烏刀吧！哈！百變盾則仍叫百變盾。棒！」

辭別愛妻，翻身上馬，離開甘湯院。

抵達國老府，狄仁傑獨自一人在書房內寫奏章，著龍鷹在一旁坐下，道：「仙兒今天神色古怪，和你比馬回來，一直留在家中，不出閨樓。」

龍鷹道：「因為她怕國老不准她今晚去梁王府的晚宴。」又看著堆積如山的案牘大訝道：「原來國老的工作如此沉重。」

狄仁傑笑道：「不要被它們嚇怕，不過它們的確關乎到天下蒼生，而老夫只是略作修訂，雖要花大量精神細閱，仍不過是修修補補的工作。」

龍鷹好奇的問道：「究竟是甚麼東西？」

狄仁傑正容道：「這是《唐律疏議》，共三十卷，脫胎於太宗時的《貞觀律》，其來源可追溯至戰國時李悝的《法經》，歷經秦漢的革新，到隋朝成《開皇律》，高祖時則在《開皇律》的基礎上編制了《武德律》，太宗再命人加以修改和刪定，用十幾年時間編成《貞觀律》。」

龍鷹讚道：「國老的識見異乎常人，《唐律疏議》這麼複雜的東西，只是源起變化已聽得我頭昏腦脹，不用說修改。」

狄仁傑道：「雖是令人望之生畏，但似繁實簡，不外律、令、格、式四部分。以律居首，即刑法典，是用於定罪的。令就是國家的制度和政令，格是對文武百官職責範圍的規定，式是尚書各部的工作章程。」

龍鷹會意道：「難怪聖上要設推事院，因為聖上也要依律辦事。」同時想到今趟來俊臣有禍了，因為不但狄仁傑強勢回朝，張柬之亦榮登相位。唉！這小子真短視。

狄仁傑道：「律議涵蓋的範圍極廣，令所有官制、兵制、囚制和賦役制均有法可依，實是我朝賴之以奠立的基石。」

狄仁傑道：「法制的成敗，關鍵處始終在人。聖上最了不起的德政，除不計門第，不拘資格，凡能安邦國、定邊疆的人才，一律量才選用外，是看通建國之本，必在務農。所以凡能使田疇墾開，家有餘糧的地方官，均可升官；為政苛濫，戶口流移的庸官貪吏，輕則貶謫，重則斬首。所以我國人口正不住增加，比之高宗初期，戶口大增近倍。這是誰都不能否認的政績。」

龍鷹從另一個角度，看到武曌治國的本領。

遠處傳來撞擊的聲音。

龍鷹問道：「是甚麼聲音？」

狄仁傑笑道：「自午時開始，仞雨和過庭一直在後院『砰砰嘭嘭』的打個不亦樂乎，時打時停，不知在幹甚麼。」

龍鷹喜道：「原來是這兩個小子。不阻國老哩！我去看他們。」

狄仁傑道：「今晚小心點！」

龍鷹答應一聲，熟門熟路摸往後院去，萬仞雨和風過庭打得難分難解，前者仍是他的井中月，後者只拿百變盾，竟然是有攻有守，看得龍鷹大聲喝彩。

「啪！」的一聲，井中月如中敗革，原來百變盾凹陷下去，接著風過庭往後拉扯，差點令萬仞雨井中月離手，接著百變盾化為一束，直搗萬仞雨，變化神奇，顯示風過庭下過一番工夫，將百變盾的性能發揮殆盡。

萬仞雨叫聲「好」，井中月黃芒打閃，隨他巧妙如神的步法，從不同角度無隙不窺的朝風過庭狂攻。

風過庭則耍戲法般，或成長條，如鞭如鐧，時而變盾時而變鐵幅，擋得令人叫絕。

「錚！」

兩人倏地分開，成對峙之局。

龍鷹拍手道：「百變盾來到風公子手上，盡矣！由此刻開始，這寶貝就是你的。」

風過庭道：「如此奇器，過庭怎會拒絕？就此謝過。」

萬仞雨道：「龍鷹你定要一嘗公子左盾右劍的厲害，在下被他殺至差點棄刀投降。」

風過庭啞然笑道：「眞誇大。」

龍鷹將剛才武曌的一番話轉述，道：「由於是公開比武，千百對眼睛在看著，該沒法使陰謀，只能用陽謀。」

萬仞雨哂道：「不外是在兵器相剋上玩點手段，現在你們有秘密武器在手，敵人則不知我用的再非以前的刀，而是井中月。試問天下有誰能破少帥寇仲的井中月？」

龍鷹欣然道：「說得對！今晚我們隨機應變，讓敵人栽個大跟頭。」

風過庭沉吟道：「論到把握對手虛實，天下無人能超過鷹爺，就由鷹爺調兵遣將，殺敵人一個落花流水？」

萬仞雨道：「我正有此意。」

龍鷹皺眉道：「敵人有備而來，志在必得，雖說兵器有天然相剋的特性，例如長兵勝短刃，重兵壓輕兵，但只是指一般庸手而言，對高手來說分別不大，對方會否有其他令人防不勝防的伎倆？」

風過庭道：「還有用藥和用毒，不過對我們影響有限，吃進肚子也不怕。」

龍鷹道：「還有一招，叫旁觀者清。」

萬仞雨笑道：「那這個旁觀者，武功要比我們高明才成，故能看破我們的下著，那就不如自己下場。」

風過庭道：「只需與我們大致同級數便成，因可全神觀察，以塞外能者之眾，該不難找到這樣的一個人，趁歡呼喝彩時，以只有下場敵人懂得的語言，傳音入密的做出提示。」

龍鷹點頭道：「如果所料不差，最可怕的敵人，該潛藏於外族團中，避開耳目，但只要我們把他找出來，會帶給我們很大的樂趣。哈哈！」

萬仞雨興奮道：「只要想到一會後可放手試刀，已令萬某人樂趣無窮。」

風過庭道：「在鷹爺的督促下，我們都攀上顛峰狀態，百變盾更令我剛才不住突破，全拜鷹爺和仞雨兄所賜。」

龍鷹大樂道：「大家兄弟，客氣話不用說，該說的是多謝默啜送這麼多人來給我們過癮。哈！今晚之會，愈兇險愈有趣，但有一個人必須留給小弟。」

風過庭笑道：「當然是『槍君』符君侯，這個我們是理解的。」

萬仞雨笑道：「他好像是我的，君子不該奪人所愛。」

龍鷹道：「幸好小弟非君子也。你們信也好，不信也好，最後的一場，是由他陪老子玩。」

風過庭道：「若然如此，他肯定是突厥人最重要的奸細。」

萬仞雨問龍鷹道：「爲何你會有這個猜想？」

龍鷹將今早在天津橋遇上符君侯和太平公主的情況說出來，道：「打開始他便是衝著小弟而來，所以故意情挑公主，惹起我對他的怒火。這幾天偕公主到神都苑去，避而不戰，等待的正是今晚的武宴。」

風過庭道：「有道理！」

萬仞雨道：「這小子想殺你哩！」

風過庭苦思道：「聖上所說的七個人，全是塞外響噹噹的人物，有甚麼人可做他們比武出術的軍師呢？」

龍鷹靈光一閃，道：「我想到了！」

兩人大訝。萬仞雨說出兩人的疑惑，道：「這也可以憑空猜想的嗎？」

龍鷹得意道：「爲甚麼不可以？肯定是秘族來的高手，且是秘族的頂尖高手。」

兩人雙目殺機大盛，顯是想到黑齒常之的仇恨。

足音傳來。

三人瞧去，小魔女的心腹俏丫鬟姍姍而來，道：「小姐有請鷹爺。」

萬仞雨認得是上次來請小混蛋的俏婢青枝，見她嬌美可人，笑道：「今次不是請小混蛋嗎？」

青枝抿嘴笑道：「小姐請的是傻瓜，不過今次小姐沒有指示小婢一定要這麼說，所以小婢擅自改爲鷹爺。嘻嘻！」

萬仞雨和風過庭齊聲大笑，龍鷹則哭笑不得。

青枝向龍鷹道：「鷹爺請！」

龍鷹向兩人打個手勢，著他們繼續練習，追上青枝，道：「若你家小姐下嫁小弟，青枝姐會否陪小姐一起嫁入我龍家？」

青枝「噗哧」嬌笑道：「小姐肯嫁你嗎？要不要小婢代鷹爺問她？」

龍鷹心忖有其主必有其婢，這個小姑娘眞厲害。忙陪笑道：「當我沒說過好哩！」

青枝含情脈脈的拋他一個媚眼，掩嘴嬌笑。

龍鷹隨她來到後花園，林木掩映裡隱見一座兩層小樓。

登階入樓後，小魔女的聲音傳下來道：「傻瓜來了嗎？」

青枝忍笑道：「傻瓜來哩！」

小魔女悠然道：「著他上來！」

青枝向龍鷹打手勢示意，請他上去，龍鷹兩步化作一步的登上二樓，一看之下登時呆若木雞，難以置信的看著眼前的奇景。

《日月當空》卷五終

新人間 167

日月當空〈卷五〉

作　者—黃易
主　編—嘉世強
編　輯—邱淑鈴
執行企劃—林貞嫻
校　對—陳錦生、邱淑鈴、黃易
董事長
總經理—趙政岷
總編輯—余宜芳
出版者—時報文化出版企業股份有限公司
10803台北市和平西路三段二四〇號三樓
發行專線—（〇二）二三〇六—六八四二
讀者服務專線—〇八〇〇—二三一—七〇五
（〇二）二三〇四—七一〇三
讀者服務傳真—（〇二）二三〇四—六八五八
郵撥—一九三四四七二四時報文化出版公司
信箱—台北郵政七九～九九信箱
時報悅讀網—http://www.readingtimes.com.tw
電子郵件信箱—liter@readingtimes.com.tw
法律顧問—理律法律事務所　陳長文律師、李念祖律師
印　刷—勁達印刷有限公司
初版一刷—二〇一三年二月二十二日
初版五刷—二〇一七年四月十四日
定　價—新台幣二二〇元
（缺頁或破損的書，請寄回更換）

時報文化出版公司成立於一九七五年，
並於一九九九年股票上櫃公開發行，於二〇〇八年脫離中時集團非屬旺中，
以「尊重智慧與創意的文化事業」為信念。

國家圖書館出版品預行編目（CIP）資料

日月當空 / 黃易著. -- 初版. -- 臺北市：時報文化, 2012.11-
冊；　公分. --（新人間；163-）

ISBN 978-957-13-5724-9（卷5：平裝）

857.9　　101021080

ISBN 978-957-13-5724-9
Printed in Taiwan